PEIGEN SUIBI

培根随笔

［英］培根 著

彭慧群 译

张辛 主编

黄河出版传媒集团
阳光出版社

图书在版编目（CIP）数据

培根随笔／（英）培根著；彭惠群译. -- 银川：
阳光出版社，2015.2（2020.3重印）
（阳光阅读／张辛主编）
ISBN 978-7-5525-1742-2

Ⅰ. ①培… Ⅱ. ①培… ②彭… Ⅲ. ①随笔-作品集-
英国-中世纪 Ⅳ. ①I561.63

中国版本图书馆 CIP 数据核字（2015）第 047120 号

阳光阅读·培根随笔　　　　　　　　　　　　　　［英］培根　著　　彭惠群　译

责任编辑　林　薇
封面设计　天之赋设计室

黄河出版传媒集团
阳　光　出　版　社　　出版发行

地　　　址	宁夏银川市北京东路 139 号出版大厦（750001）
网　　　址	http://www.ygchbs.com
网上书店	http://shop129132959.taobao.com
电子信箱	yangguangchubanshe@163.com
邮购电话	0951-5014139
经　　　销	全国新华书店
印刷装订	三河市三佳印刷装订有限公司
印刷委托书号	（宁）0015660

开本	880mm×1230mm　1/16
印张	13.5　　　　字数　220 千字
版次	2015 年 2 月第 1 版
印次	2020 年 3 月第 4 次印刷
书号	ISBN 978-7-5525-1742-2
定价	26.80 元

《阳光阅读》丛书著译者（部分）

叶圣陶　原名叶绍钧，现代著名作家、教育家、文学出版家和社会活动家，有"优秀的语言艺术家"之称。出版了童话集《古代英雄的石像》《稻草人》以及小说集《隔膜》《火灾》等。短篇小说《藕与莼菜》编入沪教版七年级语文教材。

冰　心　原名谢婉莹，是我国第一代儿童文学作家，著名的中国现代小说家、散文家、诗人、翻译家。著有小说集《超人》，诗集《春水》《繁星》，散文集《寄小读者》《再寄小读者》《三寄小读者》等。

艾　青　原名蒋正涵，中国现代诗人。1933年，第一次用艾青的笔名发表长诗。以后陆续出版诗集《大堰河》《火把》《向太阳》《在浪尖上》《光的赞歌》等。其诗作《我爱这土地》《大堰河——我的保姆》被选入中学语文教材。

林海音　原名林含英，中国现代著名女作家。《窃读记》被选为人教版义务教育教科书五年级语文上册第一单元第一课，《迟到》被选入北师大版五年级语文教材。

张天翼　中国现代著名作家。曾任中央文学讲习所副主任、中国文联委员、中国作协书记处书记、《人民文学》主编等职。代表作有童话《大林和小林》《宝葫芦的秘密》《秃秃大王》，小说《华威先生》《鬼土日记》等。

宋兆霖　中国作家协会会员，著名翻译家。译著长篇小说《赫索格》《奥吉·马奇历险记》《最后的莫希干人》《间谍》《双城记》《大卫·科波菲尔》《呼啸山庄》《简·爱》《鲁米诗选》等。

丛书特色

导语 ▶	富有启发性的引导语言，重在激发读者的阅读兴趣，带领读者自主阅读，用心感悟。
阅读提示 ▶	点评重要语句，挖掘原著内容，分析人物形象，品读精彩语言，全景展现阅读天地，快速提高阅读能力。
知识链接 ▶	对文中所涉及的生僻或难以理解的知识、概念或事件做简要介绍。
字词积累 ▶	解释生词、熟语等，为读者扫清阅读障碍。同时，帮助读者在具体语境中学习、积累词汇。
品读理解 ▶	对名作一个章节的整体结构、写作手法等进行分析，以便读者把握篇章主旨，理解文章内容，感悟艺术特色。
感悟思考 ▶	结合文章内容设计思考题，留给学生思考和想象的空间、主动学习的空间以及展示个性的空间。
写作借鉴 ▶	经典引路，启发学生收集写作的素材，告诉他们写什么、怎么写；指导学生锤词炼句、写景状物、布局谋篇。
考点集萃 ▶	对必须掌握的知识点、考点进行全方位梳理，特别增设了"走近作者""故事梗概""艺术魅力""人物分析""阅读指引"等板块，旨在让学生快速掌握考试要点。
真题模拟直击考点 ▶	精挑细选，五年升学考试真题、三年名校模拟试题与考题直接接轨，掌握解题思路与技巧。
读后感 ▶	紧扣名著精髓，精选读后感佳作，拓展发散性思维，发人之所未发，见人之所未见。

序

读书对一个人的成长有着非常重要的影响。很多杰出的人物在青少年时代都酷爱读书，以书为友，以读书为乐。毛泽东曾经说过："我一生最大的爱好就是读书。……饭可以一日不吃，觉可以一日不睡，书不可以一日不读。"苏联著名作家高尔基曾经说过："我扑在书上，就像饥饿的人扑在面包上。"

名著是人类文化的精华，更是书中的精品。阅读名著，如同与大师携手，可以增长见识，启迪智慧，提高语文能力和人文素养。为了让中小学生多读书、读好书，国家教育部于2017年9月开始要求全国中小学生陆续启用教育部统编语文教材。统编语文教材加强了中国优秀传统文化教育、革命传统教育及社会主义先进文化教育的内容，更加注重立德树人，鼓励学生通过大量阅读提升语文素养，涵养人文精神。我们出版的《阳光阅读》丛书是紧扣新课改宗旨，携手国内中小学语文教育专家精心打造的提高中小学生阅读水平的典范之作。

经典性　名著是不同国家、不同时代人类智慧的结晶与文明成果的标志，往往有着深刻的思想内涵和巨大的艺术魅力。本丛书所选的百部中外名著，大都是经过历史长河淘洗过的经典作品，能为中小学生的健康成长打好精神基础，为他们提供精神营养，使他们终身受益。

权威性　我们对所选的百部中外名著，根据语文教材的阅读方法进行了全方位解读。

在内容的编写上，每本书增加了简明实用的"阅读指南"和"感悟思考"。

阅读指南　通过对作品进行全面的介绍，让孩子在阅读时更轻松。我们希望一方面能为广大青少年打开一扇认识和了解名著的大门，激发他们热爱名著、阅读名著的兴趣，另一方面能为他们欣赏和阅读名著提供一些方法上的指导。

感悟思考　丛书中经过精心编写的思考题，有的侧重于思想内涵的理解，有的侧重于艺术表现方法的探究，有的侧重于结合现实，深入理解名著的文化意义。学生带着问题阅读，通过独立思考，在读完全书后得出自己的结论。这样，阅读名著就会收到事半功倍的效果。

我们相信，《阳光阅读》丛书一定能够成为中小学生的良师益友，成为中小学生家庭的必备藏书。

《阳光阅读》丛书编委会

目 录
CONTENTS

考点集萃

论真理 [精读]

名师导读

真理是一把利刃，你可以用它切割食物，也可以用它威胁生命。真理不可以轻易示人，虽然是危险的，却可以雕琢出美丽的文明。

"真理是什么东西？"彼拉多当年玩世不恭地取笑说，他提这个问题是不指望得到答案的。世人多数心随境变，他们认为坚持一种信念就等于自带一种枷锁，会使思想和行为无法自行其是。虽然作为一种学派的怀疑论早已消逝，但持这种观点者仍大有人在——尽管他们的观念未必像古人那样清晰而透彻。

使人们宁愿追随诡言，而不去追求真理的原因，不是由于探索真理是艰苦的，也不是由于真理会约束人的幻想，而是由于诡言更能迎合人性中的那些恶习。后期希腊有一位哲学家曾探讨过这个问题，因为他不能理解，为什么一些欺世诡言竟能如此迷人，尽管它们既不像诗歌那样优美，又不像经商那样使人致富。我也不懂这究竟是为什么——难道人们仅仅是为了爱好虚假而追求虚伪吗？也许是因为真理好像阳光，在它的照耀下人世间所上演的那种种假面舞会，远不如在半明半暗的烛光下来得梦幻和华丽。

对世人来说，真理犹如珍珠，它需要在阳光的照耀

名师点评

我的点评

写作借鉴

一个设问句引起了人们对"欺世诡言竟能如此迷人"的关注，突出了中心。

写作借鉴

　　"不能不"，双重否定等于一个肯定，但比肯定的语气更强烈。这里强调了真理无比强大的力量和价值。

写作借鉴

　　运用对比的写作手法，将三种能产生愉快的情形作比较，突出了真理所能给人带来的精神上的愉悦感。强调了真理的作用。

下才能变得明亮。真理不是那种红玉或钻石，需要借助摇曳不定的烛光才能幻化出五色缤纷的浮光。

　　真真假假的诡言会给人带来愉快。一旦把人们内心中那种种虚荣心、虚妄的自我估计、异想天开的揣想都消除掉，许多人的内心将会显露出原来是那么渺小、空虚、丑陋，以至于连自己都要感到厌恶。对于这一点，难道有谁会怀疑吗？

　　曾有先哲责备"诗"，诬之为"魔鬼的迷幻药酒"。因为诗不仅出自幻想，而且其中总有着虚幻的成分。但其实诗又怎能比谬误更为诱惑人呢？真正可怕的，还不是那种人人难免的一念之差，而是那种深入习俗盘踞于人心深处的谬误与偏见。

　　尽管人是腐败的，但只要人接触到真理，还是不能不被真理所征服。因为真理既是衡量谬误的尺度，又是衡量自身的尺度。神圣的教义是——追求真理而与之同在，认识真理要敢于面对，更要信赖真理而对之皈依，这也是人性的崇高境界。在上帝创世的最初日子里，他首先创造了知觉，其次是理智，最后赐给人类以良知的心智之光。上帝把光明赐予混沌的物质世界，又在安息日以光明照亮了人类的心灵，并且至今他还把神圣的光辉赐予他所恩宠的那些选民。

　　有一派感性主义哲学家在许多方面是肤浅的，但其中一位诗人却由于向往真理而流芳于世。他曾说过："居高临下遥看颠簸于大海中的航船是愉快的，站在堡垒中遥看激战中的战场也是愉快的，但是没有能比攀登于真理的高峰之上，而俯视尘世中的种种谬误与迷障、烟雾和曲折更愉快了！"——只要这种俯视者不自傲、自满，那么这句话说得的确好极了！是啊，一个人如能在心中充满对人类的博爱，行为遵循崇高的道德法律，永远只围绕真理的枢轴转动，那么他虽生在人间也就等于步入天堂了。

以上谈了神学和哲学方面的真理，还要再谈谈实践的真理。甚至那些根本不相信真理存在的人，也不能不承认光明正大是一种崇高的德性。伪善正如假币，也许可以骗取到货物，但它毕竟不能体现其真正的价值。欺诈的行为像蛇，它无法用足站立，而只能靠肚皮爬行。

没有任何罪恶比虚伪和背叛更可耻了！所以，蒙田在研究"骗子"这个词为何如此可憎时说得好："深思一下吧！说谎者是这样的一类人，他敢于狂妄地面对上帝，却不敢勇敢地面对世人！"

正是如此！曾经有一个预言，说基督返回人间的时刻，就是在大地上找不到诚实者的时刻——而谎言就是请求上帝来执行末日审判的丧钟之声。对于虚伪和欺诈者们，这乃是一个严肃的警告啊！

名师点评

阅读提示

作者将"欺诈的行为"比做蛇，让读者深刻地体会到欺诈行为的结果：无法在社会上长久立足。

阅读提示

以作者的忠告结尾，引起人们的注意。

❗ 品读·理解

弗兰西斯·培根主要向我们阐述了真理的意义和价值所在，呼吁人们追求真理，享受真理。

就像他说的："真理既是衡量谬误的尺度，又是衡量自身的尺度。神圣的教义是——追求真理而与之同在，认识真理要敢于面对，更要信赖真理而对之皈依，这才是人性的崇高境界。"

❓ 感悟·思考

1.读了全文，你知道真理到底是什么了吗？对日常生活中的人们而言，真理有什么重要意义？

2.全篇运用了很多比喻的修辞方法，这也是文中的一抹亮色，试着从中找出至少两个比喻句，并说明这些句子的深层意思。

论读书 [精读]

🌸 名师导读 🌸

可能你早已听说过弗兰西斯·培根的《论读书》，如果你还没有细细地读过它，那么，就借这次机会，慢慢品读吧。它犹如夏日的一股清泉，滋润着我们；又如冬日的一束暖阳，温暖着我们。

读书足以怡情，足以博彩，足以长才。其怡情也，最见于独处幽居之时；其博彩也，最见于高谈阔论之中；其长才也，最见于处世判事之际。练达之士虽能分别处理细事或一一判别枝节，然纵观统筹、全局策划，则舍好学深思者莫属。读书费时过多易惰，文采词藻饰太盛则矫，全凭条文断事乃学究故态。读书补天然之不足，经验又补读书之不足，人的天性犹如野生的花草，求知学习好比修剪移栽。而书中所示，如不以经验范之，则又大而无当。

有一技之长者鄙读书，无知者羡读书，唯明智之士用读书，然书并不以用处告人，运用的智慧乃在书本之外，全凭观察得之。读书时不可存心诘难作者，不可尽信书上所言，也不可只为寻章摘句，而应推敲细思。

书有可浅尝者，有可吞食者，少数则须咀嚼消化。换言之，有只须读其部分者，有只须大体涉猎者，少数则须全读，读时须全神贯注，孜孜不倦。书亦可请人代读，取其所作摘要，但只限题材较次或价值不高者，否

名师点评

写作借鉴

通过展示"一技之长者""无知者""明智之士"三种人对读书的态度，进一步说明"书不以用处告人"，"运用的智慧在书外"，需观察才能得到书中的精华。

写作借鉴

这是一组排比句，句式整齐，使气势更加强烈。这里强调了读书、讨论、做笔记的益处以及缺乏者的不足。

我的点评

则一本书将会像已被蒸馏过的水，变得淡而无味了！

读书使人充实，讨论使人机敏，做笔记则能使人精确。因此，不常做笔记者须记忆特强，不常讨论者须天生聪颖，不常读书者须欺世有术，方能无知而显有知。读史使人明智，读诗使人聪慧，演算使人思维缜密，哲理使人思想深刻，伦理学使人庄重，逻辑修辞之学使人善辩，知识能塑造人的性格。

人之才智但有滞碍，无不可读适当之书使之顺畅，一如身体百病，皆可借相宜之运动除之。滚球利睾肾，射箭利胸肺，慢步利肠胃，骑术利头脑，诸如此类等等。如智力不集中，可令读数学，盖演题须全神贯注，稍有分散即须重演；如不能辨异，可令读经院哲学，盖是辈皆吹毛求疵之人；如不善求同，不善以一物阐证另一物，可令读律师之案卷。如此头脑中凡有缺陷，皆有特药可医。

❗ 品读·理解

　　文中主要论述读书的意义和作用以及读书的方法。读书的意义和作用主要有三个：一是陶冶性情，二是攀附风雅，三是增长才干。读书的作用和意义很大，读史使人明智，读诗使人聪慧，学习数学使人思维缜密，学物理使人深刻……总之，"知识能塑造人的性格"。

　　不仅如此，精神上的各种缺陷，都可以通过读相关的书来改善。在读书方法上，培根注重理论与实践相结合。书籍好比食品，有些书只须浅尝，有些可以吞咽，只有少数需要仔细读，慢慢品味。所以，有的书只要读其中一部分，有的书只需知其大意，而对于一些好书，要通读、细读，反复品味。知识本身并没有教会人们怎么运用它们，运用的智慧在于书本之外，这是一种能力，需要人们去体验，去学习。

　　《论读书》对读书的意义、作用和方法都做了透彻的论述，今天，无论是读书治学还是掌握现代先进的科学技术，都是值得我们借鉴的。做到爱读书、会读书，这样才能读好书，才能获取知识变为力量的成果。

❓ 感悟·思考

　　1.培根主张对不同的书应采取不同的读书方法，这些读书方法有哪些？从文中找出相对应的语段。

　　2.为了增加可读性，使文风亲切，文章灵活地穿插比喻、排比、类比等修辞手法，你能从文中分别找出一例吗？分别说明这些句子用了哪种修辞方法并分析这些句子在文中的具体作用和深刻寓意。

论嫉妒

名师导读

　　无需否认，嫉妒是人类的天性。嫉妒的滋味虽然不好受，但相信每个人或多或少都曾有所体会。"别人有的，我也想有"，这种想法并非罪过，只要我们懂得利用这种"好嫉妒"，懂得"别人有的"不见得我们必须马上拥有，懂得应当付出努力和耐心才行，"好嫉妒"恰如那神奇的齿轮，在使自身的缺憾与别人的长处相互交合的同时，也会产生促进我们成长的源源动力。

　　在人类的各种情欲中，有两种最为惑人心智，这就是爱情与嫉妒。这两种感情都能激发出强烈的欲望，创造出虚幻的意象，并且足以蛊惑人的心灵——如果真有巫蛊这种事的话。

　　所以，我们知道在《圣经》中把"嫉妒"叫作一种"凶眼"，而占星术士则把它称作一颗"灾星"。这就是说，嫉妒能把凶险和灾难投射到它的眼光所注视的地方。不仅如此，还有人认为，嫉妒之毒眼伤人最狠之时，正是那被嫉妒之人最为春风得意之时。这一方面是由于这种情况促使嫉妒之心更加锐利；另一方面是由于在这种情况下，被嫉妒者最容易受到打击。

　　让我们来分析一下哪些人容易嫉妒，哪些人容易招来嫉妒，以及哪种嫉妒必属于公妒，公妒与私妒有何不同。

　　无德者必会嫉妒有道德的人。因为人的心灵如若不能从自身的优点中取得养料，就必定要找别人的缺点作为养料。而嫉妒者往往是自己既没有优点，又看不到别人的优点，因此，他只能用败坏别人幸福的办法来安慰自己。当一个人自身缺乏某种美德的时候，他就一定会贬低别人的这种美德，以求实现两者的平衡。

嫉妒者一定是好打听闲话的。他们之所以特别关心别人，并非是因为事情与他们的切身利害有关，而是为了通过发现别人的不愉快，来使自己得到一种赏心悦目的愉快。

其实，每一个埋头深入自己事业的人，是没有工夫去嫉妒别人的。因为嫉妒是一种四处游荡的情欲，能享有它的只能是闲人。所以古话说："多管别人闲事必定没安好心。"

一个后起之秀是招人嫉妒的，尤其要受那些贵族元老的嫉妒，因为他们之间的距离改变了。别人的上升足以造成一种错觉，使人觉得自己仿佛降低了。

有某种难以克服的缺陷的人——如残疾人、宦官、老年人或私生子，是容易嫉妒别人的。由于自己的缺陷无法补偿，因此需要损伤别人来求得补偿。除非这种缺陷是落在一个具有伟大品格的人身上时才不会如此。那种品格能够让一种缺陷转化为光荣。负着残疾的耻辱，去完成一件大事业，使人们更加为之惊叹。像历史上的纳西斯、阿盖西劳斯和铁木尔就是如此。

经历过巨大的灾祸和磨难的人，也容易产生嫉妒。因为这种人乐于把别人的失败，看作是对自己过去所经痛苦的抵偿。

虚荣心甚强的人，假如他看到别人在一件事业中总是强过于他，他也会为此产生嫉妒。所以自己很喜爱艺术的阿提安皇帝，就非常嫉妒诗人、画家和艺术家，因为他们显然在这些方面超过了他。

最后，在同事之间当有人被提升的时候，也容易引起嫉妒。因为如果别人由于某种优越表现而得到提升，就等于映衬出了其他人在这些方面的无能，从而刺伤了他们。同时，彼此越了解，这种嫉妒心将越强。人可以允许一个陌生人的发迹，却不能原谅一个身边人的晋升。所以，该隐只是由于嫉妒就杀死了他的亲兄弟亚伯。

我们再来讨论一下哪些人能够避免嫉妒。

我们已懂得，嫉妒总是来自于自我与别人的比较，如果没有比较就没有嫉妒。所以皇帝通常是不被人嫉妒的，除非对方也是皇帝。一个有崇高美德的人，他的美德愈多，别人对他的嫉妒也将愈少。因为他们的幸福来自他们的苦功，它是应得的。

所以出身于微贱的人一旦升腾就必会受人嫉妒，直到人们习惯了他的这种新地位为止。而富家的一个公子也将招人嫉妒，因为他并没有付出血汗，却能坐享其成。

反之，世袭贵胄的称号却不容易被嫉妒，因为他们优越的谱系已被世人所承认。同样，一个循序渐进地高升的人，也不会招来嫉妒，因为这种人的提升是被看作自然的。

那种在饱经艰难之后才获得的幸福是不太会招人嫉妒的。因为人们看到这种幸福是如此来之不易，甚至产生了同情——而同情心总是医治嫉妒的一味良药。所以老谋深算的政治家，当他们处于高高在上的地位时，总是在向人诉苦，吟唱着一首"正在活受罪"的咏叹调。其实他们未必真的如此受苦，这只是钝化别人嫉妒锋芒的一种策略。

但是，只有当这种人的负担不是自己招揽上身时，这种诉苦才会真的被人同情。否则，没有比一个出于往上爬的野心，而四处招揽事做的人更招人嫉妒的了。

此外，对于一个大人物来说，如果他能利用自己的优越地位，来保护他的下属们的利益，那么，这也等于是筑起了一座防止嫉妒的有效堤防。

应当注意的是，那种骄傲自大的人物是最易招来嫉妒的。这种人总想在一切方面都显示出自己的优越：或者大肆铺张地炫耀，或者力图压倒一切竞争者。其实，真正的聪明人倒宁可给人类的嫉妒心留下点余地，有意让别人在无关紧要的事情上占自己的上风。

然而，另一方面也要看到，对于享有某种优越地位的人来说，与其狡诈地掩饰，莫如坦率诚恳地放开（只是千万不要表现出骄矜与浮夸），这样招来的嫉妒便会小一些，因为对于前一种人，似乎更显示出他是没有价值因而不配享受那种幸福的，他们的作假简直就是在教唆别人来嫉妒自己。

让我们归纳一下已经说过的吧。我们在开始时说过，嫉妒有点接近于巫术，是蛊惑人心的。那么要防止嫉妒，也就不妨采用点巫术，就是把那容易招来嫉妒的妖气转嫁到别人身上。正是由于懂得这一点，所以有许多明智的大人物，凡有抛头露面出风头的事情，都推出别人作为替身去登台表演，而自己则宁愿躲在幕后。这样一来，群众的嫉妒就落在别人身上了。事实上，愿意出演这种替人出风头角色的傻瓜是不会少的。

我们再来谈谈什么是公妒。

公众的嫉妒比个人的嫉妒多少有点价值。公妒对于大人物，正如古典希腊时代的流放惩罚一样，是强迫他们收敛与节制的一种办法。

所谓"公妒"，其实也是一种公愤，对于一个国家是具有严重危险性的一种疾病。

人民一旦对他们的执政者产生了这种公愤，那么就连最好的政策也将被视为恶臭，受到唾弃。所以，丧失了民心的统治者即使在办好事，也不会得到群众的拥护。因为人民将会把这看作是一种怯懦，一种对公愤的畏惧——其结果是，你越怕它，它就越要找上门来。

这种公妒或公愤，有时只是针对某位执政者个人，而不是针对一种政治体制。但是请记住这样一条定律：如果这种民众的公愤已扩展到几乎所有的大臣身上，那么，这个国家的体制就必定将面临倾覆了。

最后再做一点总结吧。在人类的一切情欲中，嫉妒之情恐怕要算作最顽强、最持久的。

所以古人曾说过："嫉妒是不懂休息的。"同时还有人观察过，与其他感情相比，只有爱情与嫉妒是最能令人消瘦的。这是因为没有什么能比爱与妒更具有持久的消耗力。

但嫉妒毕竟是一种卑劣下贱的情欲，因此它乃是一种属于恶魔的素质。《圣经》曾告诉我们，魔鬼所以要趁着黑夜到麦地里去种上稗子，就是因为他嫉妒别人丰收！的确，犹如毁掉麦子一样，嫉妒这恶魔总是在暗地里，悄悄地去毁掉人间的好东西！

❓ 感悟·思考

1. 读完文章，你知道哪几种人容易嫉妒或容易招来嫉妒吗？其中哪几种可以避免嫉妒？原因是什么？试着用自己的话说一说。

2. 文中阐明完嫉妒的观点之后，又向我们阐述了公妒，嫉妒和公妒有什么区别？又有哪些联系？

3. 彼此越了解的人，嫉妒心也会越强。人们允许一个陌生人发迹，却不能容忍身边人的种种上升的趋势。一个循序渐进步步高升的人也不会招来嫉妒。现在你知道这是什么原因造成的了吗？

论狡猾

🎋 名师导读 🎋

　　对于"狡猾"这一词的意义，如果你还没看过这篇关于"狡猾"的论断，我想，你对狡猾的理解一定与培根所论述的狡猾的看法不同，你想知道他对"狡猾"是如何理解的吗？相信你看了后一定会大吃一惊。

　　我认为狡猾就是一种阴险邪恶的聪明。

　　一个狡猾人与一个聪明人之间，确有一种很大的差异，这差异不但是在诚实上，而且是在才能上的。有些人赢牌靠的是在配牌时捣鬼，可是打得并不好；类此，有的人在营求结党上很能干，而在别的方面则是无能之辈。还有，懂得人的性格习惯是一事，而明白事理又是一事，因为有许多揣摩别人的脾气揣摩得十分周到的人在真正办事上却并不怎么能干；一个对于人的研究比对于书的研究更多的人的性质，就是如此。

　　这样的人较适于阴谋而不适于议论，而且他们唯有在他们熟悉的方面是好的；让他们转而对付新的人物，他们就不怎么有把握了，因此，向来那条辨别智愚的准则——"把他们两个都赤裸裸地派到生人面前去，你就可以看得出了"——对于他们是不很适用的。再者，因为这些狡猾的人好像小贩一样，所以我们不妨把他们的商品列举出来。

　　狡猾之术，其一是在与人谈话的时候要用你的眼睛去伺察那个人，就如同耶稣会员在训练中所教的一样：因为世上有许多聪明人是有隐秘的心而显露的脸的。然而，这种伺察做起来有时需要恭顺地自敛其目，耶稣会中人的做法就是如此。

还有一术是，当你有紧急的请求，需要当时办理的时候，你要用别的言语娱乐与之交涉，使他不至于过于清醒，而对于你的所求加以反对。我知道有一位职掌议事和秘书的官员，他在来请求伊丽莎白女王批准任何文件的时候，没有一次不先引诱女王，使她谈论国事的。因为这样一来，她就不很关心那些文件了。同样的出人意料的举动就是当某人迫不及待、不能停下来仔细考虑所提事件的时候，向他提议某事。

一个人假如要阻挠一种他恐怕别人将要漂亮有效地提出的事件的话，顶好他装出很赞同这件事的样子而自己把它提出，但是他提出的方式却是要与目的相反，足以防止这事的通过。

正欲有言而突然中止，一如忽然制止自己似的，这足以使那与你交谈的人兴趣增加，更想知道你所说的事情。

当人家以为某种话是从你那里问出来的，而不是你自己乐意告诉的时候，这种话是比较有效的。因此，你可以为他人的问题设下钓饵，其方法就是装出一副与常日不同的脸色，为的是好使别人有机会问你改变的原因何在，就如同尼希米之所为："我素来在君王面前没有愁容。"

在难言与不快的事件上，最好是让那言语没有什么大价值的人先开口，然后再让那说话有力量的人装作偶然进来的样子，如此可使君王关于别人所说的事件向他发问：例如那西撒司要向克劳的亚斯报告梅沙利娜和西利亚斯的结婚事件时就是如此做的。

在有些事件上如果有一个人不愿意把自己搅在里边的话，一种狡猾的办法就是借用世人的名义：譬如说"人家都说……"或"外面有一种传说……"我知道有一个人，在他写信的时候，总要把最要紧的事情写在附言里头，好像那是一件附带的事一样。

我还认得一个人，在他说话的时候，总要略过他心中最想说的话而先说开去，再说转来，说到他想说的事情就好像是一件他差不多忘了的事一样。

有些人想对某人施行某种计谋，他们就在这人会出来的时候，故意装出惊慌，好像那人是不乐意而来的样子，并且故意手里拿一封信或者做某种他们不常做的事，为的是那人好问他们，然后他们就可以把自己心里想说的话说出来了。

狡猾又有一术，就是自己说出某种话来，这种话是要别的一个人学会而应用的，然后再借此为由，陷害其人。我知道有两个人在女王伊丽莎白之世争取部长的位置，然而他们依然交好，并且常常互相商量这事：其中的一个就说，在王权衰落的时代做一个部长是一件不很容易的事，所以他并不怎么想这个位置；那另外的一个立刻就学会了这些话，并且同他的许多朋友谈论，说他在王权衰落的今日没有想做部长的理由。那头一个人抓住了这句话，设法使女王听见。女王一听"王权衰落"之语，大为不悦，从那次以后她再也不肯听那另一个人的请求了。

有一种狡猾，我们在英国叫作"锅里翻猫"的，那就是，甲对乙所说的话，甲却赖成是乙对他说的。老实说，像这样的事若在两人之间发生，而我们要发现是谁先提出来的，是不容易的。

有些人有一种法子，就是以否认的口吻自解，从而影射他人，如同说"我是不干这个的"。例如：梯盖利纳斯对布·斯之所为一样，他说："他并无二心，而唯以皇帝的安全为念。"

有的人常备有许多故事，所以无论他们要暗示什么事，他们都能把它用一个故事包裹起来。这种办法既可以保护自己，又可以使别人乐于传播你的话。

这是上策之一，因为这样就可使交谈的人少为难些。

有些人在想说某种话之前，其等待之久，迂回之远，所谈的别事之多，是可异的。这是一种很需要耐心的办法，然而用处也不小。

一个突然的、大胆的、出其不意的问题的确常常能够使人猛吃一惊，并且使他袒露心中的事。这就好像有人改了名姓在圣保罗教堂走来走去，而另外的一个人突然来到他的背后用他的真名姓呼唤他，那时他马上就要回头去看一样。

狡猾的这些零星货物与小术是无穷的，而把它们列举出来也是一件好事，盖一国之中再没有比狡猾冒充明智之危害更烈者也。

但是，世间确有些人，他们懂得事务的起因与终结，而不能够深入其中心，就好像一所房子有很方便的楼梯和门户，而没有一间好屋子一样。所以你可以看见他们在事件的决议中，找出许多可以取巧规避的漏洞来，却完全不能审察或辩论事务。然而他们通常利用他们的短处，要令人相信他们是能够发号施令，善于替人做决断而不善于与人讨论的人。有些人做事的基本是在欺骗他人和在他人身上玩花样，而不在乎他们自己处理事务之诚实可靠。然而，所罗门有言："智者自慎其步骤，愚者转向欺骗他人。"

❓ 感悟·思考

1.作者对"狡猾之术"有一个详细的论述和说明，读完全文，请你说一说培根所说的"狡猾之术"都有哪几种情况，分别是什么？

2.作者认为："一个狡猾人与一个聪明人之间，确有一种很大的差异，这差异不但是在诚实上，而且是在才能上的"，你赞同作者的这种观点吗？你认为一个狡猾人与一个聪明人之间的最大差异在哪里？

3."然而所罗门有言：'智者自慎其步骤，愚者转向欺骗他人'"，结合上文，说说你对这句话的理解。

论 美 [精读]

名师导读

列夫·托尔斯泰说，人不是因为美丽才可爱，而是因为可爱才美丽；歌德说，外表的美只能取悦一时，内心的美方能经久不衰；德谟克利特说，身体的美若不与聪明才智结合，是某种动物的东西；罗曼·罗兰说，人类的使命在于自强不息地追求完美；泰戈尔说，你可以从外表的美论一朵花或一只蝴蝶，但你不能这样来评论一个人；爱因斯坦说，不管时代的潮流和社会的风尚怎样，人总可以凭着自己高贵的品质，超脱时代和社会，走自己正确的道路……在培根的眼里，美又是什么呢？

名师点评

美德好比宝石，它在朴素背景的衬托下反而更华丽。同样，一个打扮并不华贵却端庄严肃而有美德的人，是令人肃然起敬的。

美貌的人并不都有其他方面的才能。因为造物主是吝啬的，他给了此就不再予彼。所以，许多容颜俊秀的人却一无作为，他们过于追求外形美而放弃了内在美。但这话也不全对，因为奥古斯都、菲斯帕斯、菲力普王、爱德华四世、阿尔西巴底斯、伊斯梅尔等，都既是大丈夫，又是美男子。

仔细考究起来，形体之美要胜于颜色之美，而优雅行为之美又胜于形体之美。最高的美是画家所无法表现的，因为它是难于直观的。这是一种奇妙的美。曾经有两位画家——阿皮雷斯和丢勒滑稽地认为，可以按照几

阅读提示

"吝啬"指过分爱惜自己或财物，在这里是幽默的说法，表明既要有外在美，又要有内在美是不容易的。

名师点评

写作借鉴

　　此处，作者将美比作盛夏的水果，形象鲜明、深刻，让人对美的长久性有了一个直观的认识。

我的点评

何比例，或者通过摄取不同人身上最美的特点，作画合成一张最完美的人像。其实像这样画出来的美人，恐怕只有画家本人喜欢。美是不能制订规范的，创造它的常常是机遇，而不是公式。有许多脸型，就它的部分看并不优美，但作为整体却非常动人。

　　有些老人显得很可爱，因为他们的作风优雅而美。拉丁谚语说过："晚秋的秋色是最美好的。"而尽管有的年轻人具有美貌，却由于缺乏优美的修养而不配得到赞美。

　　美犹如盛夏的水果，是容易腐烂而难以保持的。世上有许多美人，他们有过放荡的青春，却迎受着愧悔的晚年。因此，把美的形貌与美的德行结合起来吧。只有这样，美才会放射出真正的光辉。

❗ 品读·理解

　　文章首先说到美德是最为重要的，但外形美和内在美往往不能统一，不能兼得，然后作者又立即表明不要因为外形美而放弃了内在美（作者所举的这些人都是内外皆美的，但毕竟是少数）。那为什么内在美比外在美重要呢？作者在文中一一做了回答。又将颜色之美、形体之美和行为之美（人的行为是受思想支配的）进行比较，说明形体之美胜于颜色之美，好的修养胜于形体之美。培根所说的有些老人显得可爱是因为他们的作风优雅而美，有些年轻人具有美貌，但缺乏修养，正是为了证明内在修养胜于外在美。最后，作者重申，把美的形貌与美的德行结合起来，美才会放射出真正的光辉。

❓ 感悟·思考

　　1.通过阅读全文，你知道作者论及了哪几种美吗？这几种美之间到底是怎样的一种关系？用自己的话说一说。

　　2.作者着重阐述的观点是什么？文中运用了哪些论证方法来论证作者自己的观点？找出相关的语句或段落，并简单分析一下。

论婚姻与独身

🎕 名师导读 🎕

对还在上中学的学生们来说，婚姻与独身的话题就像《论死亡》的话题一样，遥远而抽象，但也是我们终究要考虑和面对的问题，先让我们看看先哲培根对此是什么态度和想法吧，也许你会从他的观点中有所收获。

有家室之累者难成大业，只能听任命运的摆布，无论为善为恶均成不了气候，妻子儿女将成为他行动的羁绊。

所以，最能为公众献身的人，应当是不被家室所累的人。因为只有这种人，才能够把他的全部爱情与财产，都奉献给唯一的情人——公众。而那种有家室的人，恐怕宁愿把最好的东西保留给自己的后代。

有的人在结婚后仍愿意继续过独身生活，因为他们不喜欢家庭，把妻子儿女看做经济上的累赘。还有一些富人甚至以无子嗣为自豪，也许他们是担心，一旦有了子女就会瓜分现有的财产吧。

有一种人过独身生活是为了保持自由，以避免受约束于对家庭承担的义务和责任。但这种人，可能会认为腰带和鞋带，也难免是一种束缚吧！

实际上，独身者也许可以成为最好的朋友、最好的主人、最好的仆人，但很难成为最好的公民。因为他们随时可以潜逃，所以差不多一切流窜犯都是无家者。

作为献身宗教的僧侣，是有理由保持独身的。否则他们的慈悲就将先布施于家人而不是供奉于上帝了。作为法官与律师，是否独身关系并不大。因为只要他们身边有一个坏的幕僚，其进谗言的能力就足以抵上五个妻子。作为军人，有家室则是好事，这正可以在战场上激发他们的责任感和勇气。这一点可以从土耳其的事例中得到反证——那里的风俗不重视婚姻和家庭，结果他们士兵的斗志很差。对家庭的责任心不仅是对人类的一种约束，也是一种训练。那种独身的人，虽然用起钱来似很慷慨，但实际上往往是心肠很硬的，因为他们不懂得对他人的爱。

一种好的风俗，能教化出情感坚贞严肃的男子汉，例如像尤里西斯那样，他曾抵制住了美丽女神的诱惑，从而保持了对妻子的忠贞。

一个独身的女人常常是骄横的。因为她需要显示，她的贞节似乎是自愿保持的。

如果一个女人为丈夫的聪明优秀而自豪，那么这就是使她忠贞不渝的最好保证。但如果一个女人发现她的丈夫是妒忌多疑的，那么她将绝不会认为他是聪明的。

在人生中，妻子是青年时代的情人，中年时代的伴侣，暮年时代的守护。所以在人的一生中，只要有合适的对象，任何时候结婚都是有道理的。

但也有一位古代哲人，对于人应当在何时结婚这个问题是这样说的："年纪少时还不应当，年纪大时已不必要。"

美满的婚姻是难得一遇的。常可见到许多不出色的丈夫却有一位美丽的妻子。这莫非是因为这种丈夫由于具有不多的优点反而更值得被珍视吗？也许因为伴随这种丈夫，将可以考验一个妇人的忍耐精神吧。如果这种婚姻出自一个女人的自愿选择，甚至是不顾亲友的劝告而选择的，那么，就让她自己去品尝这枚果实的滋味吧。

❓ 感悟·思考

1.作者在文中从为公众服务及个人品质等多方面将结婚和单身生活进行了比较和分析，通过阅读全文，你知道二者之间的关系了吗？

2.作者认为最能为公众献身的人是哪一类人，他这样分析的原因是什么？从文中找出相应的语句并用波浪线画出来。

论逆境 [精读]

名师导读

"逆境出奇迹，患难见真交""吃得苦中苦，方为人上人""自古英雄多磨难，从来纨绔少伟男"，都是强调在逆境条件下多造就人才。逆境是检验一个人品质的试金石，是磨砺人意志的磨刀石，是锻炼英雄、造就伟人的熔炉。但逆境是决定一个人成才的主要原因吗？

名师点评

阅读提示

作者以一句名言，开篇点明题旨，让读者对逆水行舟之人钦佩、赞颂。

"一帆风顺固然令人羡慕，但逆水行舟则更令人钦佩。"这是塞涅卡效仿斯多葛派哲学讲出的一句名言。确实如此。如果奇迹就是超乎寻常，那么它常常是在对逆境的征服中显现的。塞涅卡还说过一句更深刻的格言："真正的伟大，即在于以脆弱的凡人之躯而具有神性的不可战胜。"这是宛如诗句的妙语，其境界意味深长。

古代诗人在他们的神话中曾描写过："当赫拉克勒斯去解救盗火种给人类的英雄普罗米修斯的时候，他是坐着一个瓦罐漂渡重洋的。"这个故事其实也正是人生的象征。"因为每一个基督徒，也正是以血肉之躯的孤舟，横渡波涛翻滚的人生海洋的。"

面对幸运所需要的美德是节制，而面对逆境所需要的美德是坚韧。从道德修养而论，后者比前者更为难能。所以，《圣经》之《旧约》把顺境看做神的赐福，而《新约》则把逆境看作神的恩眷。因为上帝正是在逆境中才会给人以更深的恩惠和更直接的启示。

如果你聆听《旧约》诗篇中大卫的竖琴之声，你所听到的并非是颂歌，还伴随有同样多的苦难哀音。而圣灵对约伯所受苦难的记载远比对所罗门财富的刻画要更动人。

一切幸福都绝非没有忧虑和烦恼的，而一切逆境也都绝非没有慰藉与希望的。

最美好的刺绣，是以暗淡的背景衬托明丽的图案，而绝不是以暗淡的花朵镶嵌于明丽的背景上。让我们从这种美景中去汲取启示吧。

人的美德犹如名贵的檀木，只有在烈火的焚烧中才会散发出最浓郁的芳香，正如恶劣的品质会在幸福而无节制中显露一样，最美好的品质也正是在逆境中放出光辉的。

写作借鉴

比喻的巧妙运用，生动形象地写出了美德的价值，充分强调了美德是在逆境中展现出来的观点。

我的点评

! 品读·理解

　　作者通过华丽的语言来阐述逆境对人的影响，从而体现了逆境在锻炼人、塑造人方面所具有的意义和价值。但逆境并不是决定人的主要因素，它首先取决于人本身具有的非凡的主观条件，远大的理想、坚韧不拔的毅力等。文章结尾还向我们表述了"人的品质大多也是从逆境中展现出来"的观点。

? 感悟·思考

　　1."塞涅卡还说过一句更深刻的格言：'真正的伟大，即在于以脆弱的凡人之躯而具有神性的不可战胜。'这是宛如诗句的妙语，其境界意味深长"这句格言你能理解吗？用自己的话说说你对它的理解。

　　2.仔细阅读倒数第二自然段："最美好的刺绣，是以暗淡的背景衬托明丽的图案，而绝不是以暗淡的花朵镶嵌于明丽的背景上。让我们从这种美景中去汲取启示吧。"从中你汲取到了哪些启示呢？根据你的想法写一篇小短文。

论友谊

🌸 名师导读 🌸

　　友谊，是一把雨伞下的两个身影，是一张课桌上的两对明眸，是理想土壤中的新鲜的小花儿，是宏伟乐章上的两个跳动的音符。没有友谊，生命之树就会在时间的涛声中枯萎，心灵土壤就会在季节的变奏里荒芜。歌颂友谊的诗句人们百听不厌，千百年来，人们念着它们，受着它们的感染，演绎着一幕幕动人的篇章。

　　"喜欢孤独的人不是野兽便是神灵。"说这话的人若要在寥寥数语之中，能把真理和邪说放在一处，那就很难了。因为，若说一个人心里有了一种天生的、隐秘的、对社会的憎恨嫌弃，则那个人不免带点野兽的性质，这是极其真实的，然而要说这样的一个人居然有任何神灵的性质，则是极不真实的。只有一点可为例外，那就是当这种憎恨社会的心理不是出于对孤独的爱好而是出于一种想把自己退出社会以求更崇高的生活的心理的时候。这样的人在异教徒中有些人曾冒充过，如克瑞蒂人埃辟曼尼底斯、罗马人努马、西西里人安辟道克利斯和蒂安那人阿波郎尼亚斯；而基督教会中许多的古隐者和长老则确有如此者。但是一般人并不大明白何为孤独以及孤独的范围。因为在没有"仁爱"的地方，一群的人众并不能算做一个团体，许多的面目也仅仅是一列图画；而交谈则不过是铙钹丁零做声而已。这种情形有句拉丁成语略能形容之："一座大城市就是一片大荒野。"因为在一座大城市里朋友们是散居各处的，所以就其大概而言，不像在小一点的城镇里，有那样的交情。但是我们不妨更进一步并且很真实地断言说，缺乏真正的朋友乃是最纯粹最可怜的孤独，没有友谊则这世界不过是一片荒野；我们还可以用这个意义来论"孤独"说，凡是天性不配交友的人，其性情可说是来自禽兽而不是来自人类的。

友谊的主要效用之一就在于使人心中的愤懑抑郁之气得以宣泄、释放，这些不平之气是各种情感都可以引起的。闭塞之症于人的身体最为凶险，这是我们知道的。在人的精神方面亦复如此：你可以服撒尔沙以通肝，服钢以通脾，服硫华以通肺，服海狸胶以通脑，然而除了一个真心的朋友之外没有一样药剂是可以通心的。对一个真心的朋友，你可以传达你的忧愁、欢悦、恐惧、希望、疑忌、谏诤，以及任何压在你心上的事情，有如一种教堂以外的忏悔一样。

许多伟大的人主帝王，对于我们所说的友谊的效用之重视实为可异。他们之重视友谊，往往不顾自己的安全与尊荣以求之。盖为人君者，由于他们与臣民之间地位上的距离的缘故，是不能享受友谊的——除非他们（为使自己能享受友谊起见）把某人擢升到他们的伴侣或侪辈的地位，然而这样做的结果往往是有不便的。像这样的人现代语叫作"宠臣"或"私人"，好像他们之所以能到这种地位仅仅是由于主上的恩意或君臣之间的亲近似的。然而，罗马语中的字眼才能算是把这种人的真正用途及其擢升之由表达出来了。罗马语把这种人叫作"分忧者"。因为真能使君臣之间结如斯之友谊者，即此事也。我们又可以看到像这样的事情并不限于懦弱易感的君主，即从来最有智有谋的君主，也往往有与臣下中某人结交，呼之为友，并使旁人也以君王之友人称之者，君臣之间所用的这种称谓就和普通私人之间所用的一样。

苏拉，当他为罗马独裁者的时候，把庞拜（即后来被人称为"伟大的"庞拜者）擢升到很高的地位以致庞拜自诩为苏拉所不及。因为有一次庞拜为他的一位朋友争执政官之职，与苏拉所推举之人竞选，竟而获胜。在苏拉对此表示不满而开始争吵的时候，庞拜甚至反唇相向，叫他不要多言，"因为拜朝日的人多过拜夕阳的人"。在恺撒则有代西玛斯·布鲁塔斯，其影响之巨，竟使恺撒在遗嘱中立他为次承继人，仅次于恺撒的孙外甥。而这人也就是有能力诱致恺撒于死地的人。因为在恺撒为了一些不祥的预兆，尤其是克尔坡尼亚的一场噩梦的缘故而想使参议院先行散会、改期再开的时候，布鲁塔斯拉着他的胳膊，轻轻地把他从椅子上拉了起来，并告诉他说，他希望恺撒不要叫参议院散会，等恺撒的夫人做一场好一点的梦之后再行开会。安东尼在一封信里（这封信在西塞罗的攻击演说之一中曾经一字不移地引用过）曾呼代西玛斯·布鲁塔斯为"妖人"，好像他用邪术迷惑了恺撒似的，他的得宠之深可见矣。阿葛瑞帕虽然出身微贱，但是奥古斯塔斯却把他升到很高的地位，以致后来当奥古斯塔斯以他的女儿玖利亚的婚事问麦西那斯的时候，麦西那斯竟敢说"你必须把女儿嫁给阿葛瑞帕，否则就必须把阿葛瑞帕杀了，再没有第三条路可走。因为你把阿葛瑞帕已造就得如此之伟大了"。泰比瑞亚斯一方面把西亚努斯升到很高的位置，竟致他们二人被认为是一对朋友。泰比瑞亚斯在致西亚努斯的一封信里写道："为了我们的友谊的缘故，我没有把这些事对你隐瞒"并且整个的参议院给"友谊"特造了一座祭坛（就好像"友谊"是一位女神一样）以表扬他们二人之间很亲密的友谊。此类或胜乎此的例子，还有塞普谛米亚斯·塞委拉斯与普劳梯亚努斯的友谊。因为塞委拉斯竟强迫他的儿子娶普劳梯亚努斯之女为妻，并且往往袒护普劳梯亚努斯种种欺凌皇子的行为，并且以这样的言辞下诏于参议院："朕爱其人如此之深，愿其能后朕而死也。"假如这些君王是图拉真或马喀斯·奥瑞利亚斯一流的，那么我们可以认为像上述的举动乃是出自十分善良的人心，但是这些君王都是很有智谋，精神强健而严厉，并且是极端爱己的。然而他们竟然如此，这就可以证明他们的幸福虽然已达人间之巅峰，但是他们对之仍不满意，觉得若无朋友使之圆满，则这种幸福终是残缺不全的。尤有甚者，这些君主都是有妻、有子、有甥、有侄的人，然而这些人竟不能使他们有朋友之乐。

　　康明奈亚斯关于他的第一位主上，"勇敢的"公爵查理所说的话是不可忘的，就是他不肯把他的秘密与任何人共享，尤其不肯把那最使他为难的秘密告人。于是，康明奈亚斯继续又说道："到公爵的末日将近的时候这种秘而不宣的性情不免稍损他的理智。"其实，如果康明奈亚斯乐意的话，他对于他的第二位主上——路易十一，也大可下同样的断语，因为路易十一的好隐秘却是他自己的灾星。毕达哥拉斯的格言是难解而正确的，他说："不要吃你的心。"确实地，说得严重一点，没有朋友可以向之倾诉心事的人们可以说是吃自己的心的野人。有一件事却是很值得惊奇的（我把它说了出来就此结束关于友谊的第一种功效的话语），那就是，一个人向朋友宣泄私情的这件事能产生两种结果，或使欢乐倍增，或使忧愁减半。因为没有人不因为把自己的乐事告诉了朋友而更为欢欣者；也没有人因为把自己的忧愁告诉了朋友而不减忧愁者。所以就实际的作用而言，友谊之于人心，其价值真有如炼金术士常常所说的他们的宝石之于人身一样，这宝石，依术士们的话，是能产生种种互相反对的效力，然而总是有利于天赋的。然而，即使不借助于术士，在普通的自然现象中，也可以看到这种情形很明显的肖像。因为物体相合则足以助长并滋养任何天然的作用，又可以削弱并挫折任何暴烈的外来打击。物体如此，人心亦是如此。

友谊的第二种功用就在于它能喂养并支配理智，有如第一种功用之喂养并支配感情一样。因为友谊在感情方面，使人出于烈风暴雨而入于光天化日，而在理智方面又能使人从黑暗和乱想中入于白昼也。这不仅指一个人从朋友处得来的忠谏而言，即在得到这个之前，任何心中思虑过多的人，若能与旁人通言并讨论，则使他的心智与理解力将变得清朗而有别，他的思想的动作将更为灵活，其排列将更有秩序。可以看出来，把这些思想变成言语的时候它们是什么模样，他终于变得比以往的他聪明，而要达到这种情形，一小时的谈话比一天的沉思效率更巨——这些都是没有疑义的。塞密斯陶克立斯对波斯王的话说得极是。他说："言语如一张挂展览的花毡，其中的图形都是明显的；而思想则有如卷折起来的花毡。"友谊的这第二种功用就是启发理智，也不限于那些能进忠言的朋友，即使没有这样的朋友，一个人也能借言谈的力量增长自己知识，把自己的思想使之明白表现，并且把自己的机智磨砺得更为锋利，如磨刃于石，刃锐而石固不能割也。简言之，一个人，与其使他的思想窒息而灭，毋宁向雕像或图画倾诉一切之为愈也。

现在，为充分说明友谊这第二种功用起见，我们再谈一谈那个显而易见，流俗之人也可以注意到的那一点，就是朋友的忠言。赫拉克里塔斯在他的隐语之一中说得很好："初射之光最亮。"一个人从另一个人的净言中所得来的光明比从他自己的理解力、判断力中所出的光明更为干净纯粹，这是无疑的。一个人从自己的理解力与判断力中得来的那种光明总不免是受他的感情和习惯的浸润影响的。因此，在朋友所给的诤言与自己所作的主张之间其差别有如良友的诤言与谄佞的建议之间的差别一样。因为谄谀我者无过于我，而防御自谄自谀之术更无有能及朋友之直言者。

诤言有两种：一是关于行为的，一是关于事业的。说到第一种，最能保人心神之健康的预防药就是朋友的忠言规谏。一个人的严厉自责是一种有时过于猛烈，蚀力过强的药品。读劝善的好书不免沉闷无味。在别人身上观察自己的错误有时与自己的情形不符。最好的药方就是朋友的劝谏。许多人（尤其是伟大的人们）因为没有朋友向他们进谏忠告的缘故，而做出极大错误的事来，以致他们的名声和境遇均大受损失，这种情形看起来是很惊异的。这些人是有如圣雅各所说："有时看看镜子，而不久就会忘了自己的形貌的。"讲到事业方面，一个人也许以为两只眼所见的并不多于一只眼所见的；或者以为局中人之所见总较旁观者之所见为多；或者以为一个在发怒中的人和一个默数过二十四个字母的人一般的聪明；或者以为一支旧式毛瑟枪，托在臂上放和托在架上放一样得力；他可以有许多此类的愚蠢骄傲的妄想，以为自己一人就够了。然而，能使事业趋于正轨者还数忠言。又假如有人想采纳别人的忠告，而愿意零碎采纳，在某一件事上问某一人，在另一件事上问另一人，这样的办法也好（这就是说，总比他全不问人好一点）。可是，他冒着两种危险：一是他将得不到忠实的进言，因为所进的言论必须是来自一位完全真诚的朋友才好，否则鲜有不被歪曲而倾向于进言人的私利者；另一种危险是他所得的进言，将为一种有害而不安全的言论，一半是招致祸患的，而一半是救济或预防祸患的，有如你请医生看病，而这位医生虽是被认为善治你所患的病症，却是不熟悉你的体质的。因此，他也许会使你目前的疾病可以痊愈而将危害你健康的另一方面，结果是治了病症而杀了病人。一个完全通晓你事业境遇的朋友则不然，他将小心注意，以免因为推进你目前的某种事业而使你在别的方面突受打击。所以，最好不要依靠零零碎碎的忠告，它们扰乱和误引的可能性多于安定和指导的可能性。

在友谊的这两种高贵的功效（心情上的平和与理智上的扶助）之后还有

那最后的一种功效：这种功效如石榴之多核。这句话的意思就是朋友对于一个人的各种行为、各种需要，都有所帮助、有所参加。在这一点上，若要把友谊的多种用途很显明生动地表现出来，最好的方法是计算一下，看看一个人有多少事情是不能靠自己去办理的。这样计算一下之后，我们就可以看得出古人所谓"朋友者另一己身也"这句话是一句与事实相比还很不够的话，因为一个朋友比一个人的己身用处还要大得多。人的生命有限，有许多人在没有达到最大的心愿——如子女的婚事、工作之完成等等之前就死了。要是一个人有了一位真心的朋友，那么他就大可安心，知道这些事件在他死后还是有人照料的。如此，一个人在完成心愿上简直是有两条性命了。一个人有一个身体，而这个身体是限于一个地方的。但是假如他有朋友，那么所有的人生大事都可算是有人办理了。就是他自己不能去的地方，他的朋友也可以代表他。

还有，有多少事是一个人为了颜面的关系，不能自己说办就办的！一个人不能自承有功而免矜夸之嫌，更不用说是不能表扬自己的功绩了，有时也不能低首下跪地去恳求，诸如此类的事很多。但是这一切的事，在一个人自己的嘴里说出来未免赧颜的，但在朋友嘴里说出来却是很好。类此，一个人还有许多身份上的关系，是他不能弃置不顾的。例如，一个人对儿子讲话，就不能不保持父亲的身份，对妻子讲话就不能不保持丈夫的身份，对仇敌讲话就不能不顾虑自己的体面。但是，一个朋友却可以就事论事，而不必顾虑到人的方面，这一类的事情要一一列举出来是说不完的。总之，一个人若是有某种事自己不能很得体地去做时，我对他有一条规则可说，就是，他如果没有朋友的话，那么他只有"下台"这唯一方法。

❓ 感悟·思考

作者运用了大量的笔墨来论述真正的友谊的重要性，请你用自己的话简要地说一说。

论报复

名师导读

古往今来心怀歹意、寻机报复的人屡见不鲜，在现实生活中因为私心私利没有得到满足而寻找机会进行报复的事也是屡见不鲜。生活中的我们应该怎样避免报复呢？

报复是一种野蛮的裁判。人的天性愈是趋向于它，法律和文明就愈是应当剪除它。因为一种罪行只是触犯了法律，而私刑却是取消了法律。其实，报复只能使你与冒犯你的人扯平。然而，如果有度量宽谅别人的冒犯，就使你比冒犯者高明，这种大度容人是君子之道。据说所罗门曾说："以德报怨是一种光荣。"

过去的事情毕竟过去了，是不能再挽回的。智者总是着眼于现在和未来，念念不忘旧怨只能使人枉费心力。何况为作恶而作恶的人是没有的，作恶都无非是为了利己自私罢了。既然如此，又何必为别人爱自身超过爱我们而发怒呢？即使有人作恶也是因为他的生性险恶，这种人也不过像荆棘而已。荆棘刺人乃是因为它的本性如此啊！

假如由于法律无法追究一件罪行而不得已自行复仇，那也许是可以理解的。但这也要注意，你的报复要避免违法至少也要能逃脱惩罚才好。否则，你将使你的仇人占两次便宜：一次是他冒犯你时，一次是你因报复他而被惩处时。

有人乐于采用光明正大的方式报复敌人，这是可赞佩的。因为复仇的动机不仅是为了让对方受苦，更是为了让他悔罪。但有些卑怯恶劣的懦夫却专搞阴谋诡计来报复，他们以暗箭射人，却又不让人弄清箭从何来。这就未免如同鬼蜮了！

对那种忘恩负义的朋友的报复，似乎是最有理由的。佛罗伦萨大公卡西莫说："《圣经》上教导我们宽恕仇敌，但却从来没有教导我们宽恕背信的朋友。"

但是《圣经》中约伯的话却高明得多，他说："难道我们只能向上帝索取好的而不要坏的吗？"对于朋友，岂非也可以这样提问呢？对于朋友，我们既然承受友谊，也要宽恕其过错。

一个念念不忘旧恶的人，他的伤口将永远难以愈合，尽管那本来是可以痊愈的。

只有为国家公益而行的复仇才是正义的。例如为恺撒被刺，为波提那克斯和亨利三世之死而复仇那样。（注：波提那克斯是公元2世纪时的罗马皇帝，被叛乱士兵所杀。死后由部下将领为他复仇。亨利三世是16世纪法国的国王，遇刺而死，而其子亨利四世为他复仇。）然而，为私仇而斤斤图报是可耻的。念念不忘宿怨而积心图谋报复的人，所度过的将是一种妖巫般的阴暗生活。他们为此而活着时有害于人，为此而死也是不利于己的。

❓ 感悟·思考

1.作者在文中向我们阐述了几个报复行为实施的原因，分别都是怎样的情况？

2.作者通过引用两个历史典故来说明他认同其中一种报复，这是哪一种报复呢？作者之所以认可它，其原因是什么？

论 善 ［精读］

人世间最宝贵的是什么？法国作家雨果说得好："善良。善良是历史中稀有的珍珠，善良的人几乎优于伟大的人。"大文豪托尔斯泰说："生活中的善越多，生活本身的情趣也越多。二者水乳交融，相辅相成。"那么，英国作家培根又是怎么说善良的呢？

我认为善良的定义就是有利于人类，这也就是古希腊人所谓"仁"，或者"人道精神"，但意义还要深。

善良，还是一种慈善的行为。前者反映本质，后者则只是现象。善良，这是人类的一切精神和道德品格中最伟大的一种。因为上帝本身就是善良的。如果人不具有这种品格，他就只不过是卑贱的鼠辈，既可憎又可怜。

这种行善的品格也许会看错对象，但永远不会过分。过分的权势欲曾使得撒旦堕落成魔鬼，过分的求知欲也曾使人类的祖先失去乐园，但唯有善良的品格，无论对于神或人，都永远不会成为过分的东西。

善良的倾向可以说是人性所固有的。如果这种仁爱之心不施于人，也会施之于其他生物的。例如，土耳其人虽然似乎是一个野蛮的民族，但他们对狗和鸟等动物却很仁善。据伯斯贝丘斯的记述，有一个欧洲人在君

名师点评

阅读提示

一个"但"字在文中起到转折作用，进一步凸显了善良品格的美好。

名师点评

阅读提示

善良需要分辨是非黑白，避免被那些戴假面具和有私欲的人所愚弄。

我的点评

士坦丁堡，由于戏弄了一只鸟，险些被当地人用石块打死。

但人性中这种仁善的倾向，有时也会犯错误。所以意大利有句嘲讽话："过分善良，就是傻瓜。"马基雅弗利曾写道："基督教的教义使人成为软弱的羔羊，以供那些暴君享用。"他所以这样说，是因为确实没有任何其他法律、宗教或学说，比基督教更鼓励对人类的博爱。为了不做滥施仁爱的傻子，我们就要注意，不要受有些人的假面具和私欲的欺弄，而变得太轻信和软心肠。轻信和软心肠常常诱使老实人上当。比如我们就绝不应该把一颗珍珠赠给伊索那只公鸡——因为它本来就只配得到一颗麦粒。

《圣经》中曾说："天父使太阳照好人，也同样照坏人。降雨给行善的，也给作恶的。"但上帝绝不把财富、荣誉和才能对人平均分配。一般的福利应该人人均沾，而特殊的荣耀就必须有所选择。另外还要小心，我们在做好事时，不要先毁了自己。神告诉我们："要像别人爱你那样爱别人——去卖掉你所有的财产，赠给穷人，把财富积存在天上，然后跟我来。"但除非你已决意要跟神一道走，否则还是不要把你的一切都卖掉。不然你就等于以微泉去灌注大河，微泉很快就会干涸，而大河却未必增加许多。

所以，人心固然应该善良，而行善却不能仅凭感情，还要靠理智的指引。

在人性中既有天然向善的倾向，也有天然向恶的倾向。那种虚荣、急躁、固执的性格还不是最坏的，最恶的乃是嫉妒以至祸害他人的。有一种人专靠落井下石，给别人制造灾祸来谋生——他们简直还不如《圣经》里那条以舔疮为生的恶狗，而更像那种吸吮死尸汁液的苍蝇。

这一种"憎厌人类者"与雅典的泰门正好相反——虽然他们的园子里并没有一棵能供他人使用的树，却也要引诱别人去上吊。这种人也许倒是做政客的材料，他们犹如弯曲的木头，可以造船，却不能做栋梁。因为船是注定要在海里颠簸的，栋梁却是必须能立定脚跟的。

善的天性有很多特征。对于一个善人，我们可以由此去认识他。如果一个人对外邦人也能温和有礼，那么他就可以被称做一个"世界的公民"——他的心与五洲四海是相通的。如果他对其他人的痛苦不幸有同情之心，那他的心必定十分美好，犹如那能流出汁液为人治伤痛的珍贵树木——宁可自己受伤害也要助人。如果他能原谅宽容别人的冒犯，就证明他的心灵乃是超越于一切伤害之上的。如果他并不轻视别人对他的微小帮助，那就证明他更重视的乃是人心而不是钱财。最后，如果一个人竟能像《圣经》中的圣保罗那样，肯为了兄弟们的得救而甘于忍受神的诅咒——甚至不怕被逐出天国，那么他就必定超越了凡世，而具有主耶稣的品格了。

名师点评

阅读提示

把"一种人"看作"吸吮死尸汁液的苍蝇"，并和"以舔疮为主的恶狗"做对比，充分说明了"一种人"的可耻、可恨、可恶。

阅读提示

作者将"政客"比作弯曲的木头，可以造船，却不能做栋梁，鲜明而深刻地展现了弯曲的木头和栋梁之间的关系。

我的点评

！品读·理解

　　作者认为"善"是人类不同于其他动物的一种天性。他把善良看成一种习惯，一种人性。这是最大的美德与人格，是神赋予的性格，没有它，人就是一种忙碌的、有害的、罪恶的东西，并不比寄生虫优越。不过，培根同时也表明人的本性既有善，又有恶。

？感悟·思考

　　1.作者在文中并不只是阐述了他的一个观点，而是阐述了很多个关于"善"的观点，你能从文中找出几个？

　　2.在文章结尾，作者说"善的天性有很多特征"，仔细阅读最后一个自然段，请用你自己的话说一说"善的天性"的这些特征，分别是什么？

论宗教信仰的统一

🔖 名师导读 🔖

　　提到宗教信仰，大家对它可能还比较模糊，同时也感到很茫然。国外的宗教信仰较中国而言更系统、更规范，礼仪也更多。本文关于宗教信仰的观点如一扇打开的窗，让我们豁然开朗。

　　宗教信仰是人类社会重要的支柱之一。如果宗教信仰是统一的，那么社会将是幸福的。

　　对于异教徒来说，他们似乎从来不曾为信仰和见解的不同而陷于纷争。也许是因为他们的宗教虽有典仪却缺乏理论吧。只要想想他们的教长都是浪漫的诗人，你就可以理解他们的宗教到底是什么了。但是我们的上帝却是一位"嫉妒"之神，因此，他既不允许有不纯的信念，也不允许奉祀异教的神灵。但是，究竟如何才能使信仰保持一致，这个问题值得深究一下。

　　保持信仰一致（这是追随于上帝的又一个目标）的意义有两方面：一是与教会内部的人有关，一是与教会外部的人有关。对前者来说，异教与其信徒是玷污圣灵的，是一切道德败坏中的最恶者。正如由人体伤口进入的异物导致腐败一样，精神上的腐败也会由此而来。

　　所以，再没有比散布对于信仰的各种不同见解更足以导致宗教分裂的。这犹如有人呼唤——看哪，基督正在旷野之中！而另一些人也在呼唤——看哪，基督正在圣坛之上！那么让我们究竟追随谁呢？在这种情况下，我们最好的办法恐怕只有一个，这就是基督自身说过的那句名言："你们既不要出去，也都不要相信！"圣保罗曾说："如果一个异教徒听到你们这些各说各话的教义，他恐怕只会认为这里有一群疯子。"对于本来就无信仰的无神论者，看到宗教之中的这种矛盾冲突，更会使他们远离圣殿，而高居于"亵渎者"的座位之上了。

从前有一位幽默家虚拟了一套丛书，其中有一本名叫《异端教派的摩尔舞》。在谈论如此重大问题时援引此例，也许未免不恭。然而它所嘲弄的却正是异端攻奸者那种可笑的嘴脸。

信仰的一致会给教徒带来和平。而和平就是幸福，和平树立信仰，和平培养博爱。这样，以前浪费于写争论文章的精力，现在就可以转移到写信仰和诚实忏悔的论文上了。

至于如何使信仰一致，这也很重要。有两种极端的看法。对某些激烈分子而言，所有的调和妥协都是可憎的。

正如《旧约》中所说："和平不和平与你何干？使者你转回身去吧！"这一派人是宁可不要和平只要宗派的。与此相反的做法是，有些教派一味追求妥协折中，甚至不顾信仰的基本原则。这两种极端的态度都是应当避免的。协调信仰的最好原则就是：

"凡是不帮助我们的，就是反对我们。"（凡不是我们的朋友者，就是我们的敌人。）

"凡是不反对我们者，就是帮助我们。"（凡不是我们的敌人者，就是我们的朋友。）

换句话说，只要在信仰的大前提下没有分歧，那些观点、教义和解释上的差别，就可以求大同存小异，而不应为之煽动分裂。

在这里，我还略有一点小小的见解。

大家应注意，使宗教信仰分裂的原因，往往是两种性质的争论。

一种是所争论的论点本来分歧并不大，只是由于争论的态度激发了仇恨。圣奥古斯丁曾这样说过："基督的服装是天衣无缝的，但是教会的衣服却有许多种颜色。"因此他又说："可以允许不同的色彩，但是却不能允许它的分裂。"这就是说，和谐统一与专制划一并非一回事。

　　另一种争论本来是关于实质性问题的，但愈争到后来，却愈陷于诡辩。一个有学识的人，有时常会遇到一些无知浅学之辈提出某种表面的异议。他理解他们，因为他们的意思在实质上和他并无分歧，虽然他们由于误解和浅见而在攻讦他。人对人尚能如此，那么全知全能的上帝，难道还不能超越世俗教徒那些表面的纷争，而洞悉他们信仰的实质吗？所以对此类争论，圣保罗曾这样警告过我们："不要滥用新奇的名词，制造似是而非的新学问。"

　　某些人专喜欢那些新鲜的名词术语，不是让意义支配辞藻，而是让辞藻支配意义。

　　信仰的一致，还有两种虚假的情况：

　　一种是以盲从的愚昧为基础，正如在黑暗之中，所有的猫看起来都是灰色的。

　　另一种是全盘吸收本质上互相矛盾的一切观念和理论，结果将真理与谬误搅在一起，就像听任铜像的盔甲上沾满污泥一样。

　　我们要注意，真正的信仰一致，应当有利于巩固人类之间的博爱和社会的组织。基督徒手中握着两柄剑——一是用于灵魂问题，一是用于尘世问题。这两柄剑应该各有其用。但是，千万不要操起另一把剑——就是穆罕默德的剑。我讲话的意思，绝不可以武力、流血和屠杀来强制地推行一种信仰。当然，这并不包括对付诸如有人用宗教信仰煽动武装叛乱那样的情况。

　　若试图以武力统一信仰，那是违背天意的，这是用上帝的一种训谕去否定另一种训谕。要知道上帝认为，人类不仅是基督徒，而且首先也是人。所以，当罗马诗人卢克莱修看到阿伽门农王以亲生女儿向女神献祭时，他叹息说："宗教信仰竟能使人犯下如此的罪恶！"

　　但如果他还能看到法兰西1572年8月23日巴托罗缪节之夜的异教徒大屠杀，以及1605年11月5日信徒福克斯谋杀英王和议员的阴谋，他就会更有理由兴发这种感叹，并且更坚决地反对宗教和主张无神论了！

　　所以那柄尘世之剑，还是不要为着宗教信仰问题而挥舞吧！而如果把宗教之剑交给庸众去操持，就更是荒谬可怕的举动了！这种做法只有魔鬼和那些"再受洗派"（注：再受洗教派，是18世纪欧洲的一种宗教狂热教派。）的狂热迷信分子才会采用。当魔鬼说："我要升临天堂与上帝并驾齐驱。"这固然是肆无忌惮的渎神言论，但是如果让上帝化为人身并让他说，"我将降临人间与魔鬼一样可怕"，那不就是更肆无忌惮的渎神之举吗？但是，如果以宗教的名义谋杀君王，屠宰人民，颠覆国家和政府，把圣灵的徽识由鸽子变成兀鹰和乌鸦，把普度众生的慈船变作凶残的海盗之船，其所作所为不也正是这种渎神之举吗？

因此，对于一切以宗教和信仰名义进行煽动的暴力行为，以及一切为这种行为辩护的邪说，君王们应当用他们的法律和剑，学者们应当以他们的笔，犹如天使挥动夺魂的金杖，最无情地将其投喂豺虎，投诸地狱！

在一切关于宗教的理论中，最高明者无过于使徒圣雅各的这句话："愤怒的情感并不能体现上帝的正义！"

还有一位古代神学家也说过同样坦率的话："凡施压强制别人信仰的人，肯定具有本身的目的和私利！"

这些话意味深长，引人深思啊！

❓ 感悟·思考

1.培根在文中写到"保持信仰一致的意义有两方面"，这"两方面"分别指哪两方面？

2.作者引用了哪几个历史故事来论证以武力统一信仰是错误的做法的？这样分析的原因是什么？

论爱情

🍃 **名师导读** 🍃

　　爱情从来都是人类历史长河中一个永恒的话题。人们赞颂爱情的声音来自世界各地。中国有《梁山伯与祝英台》，英国有《牛虻》，美国有《飘》，英国有《罗密欧与朱丽叶》，法国有《基督山伯爵》和《茶花女》……而培根对爱情的谈论又是怎样的呢？

　　爱情在舞台上，要比在人生中更有欣赏价值。因为在舞台上，爱情既是喜剧也是悲剧的素材，而在人生中，爱情常常招致不幸。它有时像那位诱惑人的魔女，有时又像那位复仇的女神。

　　你可以看到，一切真正伟大的人物（无论是古人、今人，只要是其英名永铭于人类记忆中的），没有一个是因爱情而发狂的人。这说明伟大的精神和伟大的事业可以摒除过度的激情的。然而，罗马的安东尼和克劳狄亚是例外。前者本性就好色荒淫，然而后者却是一个严肃明哲的人。这说明爱情不仅会占领没有城府的胸怀，有时也能闯入壁垒森严的心灵——假如守御不严的话。

　　伊壁鸠鲁曾说过一句笨话："人生不过是一座大舞台。"似乎一个本该秉承天意、追求高尚目标的人，却应一事不做而只拜倒在一个小小的偶像面前，成为自己感官的奴隶——虽然不是口腹之欲的奴隶，即娱目色相的奴隶。而上帝赐人以眼睛本来是有更高尚的用途的。

　　过度的爱情，必然会夸张对象的性质和价值。例如，只有在爱情中，才需要那种浮夸谄媚的辞令。而在其他场合，同样的辞令只能招人耻笑。古人有一句名言："最大的奉承，人总是留给自己。"——只有对情人的奉承要算

例外。因为甚至最骄傲的人，也甘愿在情人面前自轻自贱。所以古人说得好："人在爱情中不会聪明。"情人的这种弱点不仅在外人眼中是明显的，就是在被爱者的眼中也会很明显——除非她（他）也在爱他（她）。所以，爱情的代价就是如此，不能得到回报，就会得到一种深藏于心的轻蔑，这是一条永恒的定律。由此可见，人们应当十分警惕这感情，因为它不但会使人丧失其他，而且可以使人丧失自己本身。

至于其他方面的损失，古诗人荷马早告诉我们，那追求海伦的帕里斯王子竟拒绝了天后朱诺（财富女神）和密涅瓦（智慧女神）的礼物。（注：古希腊神话中说天后朱诺，智慧之神密涅瓦和美神维纳斯，为争夺金苹果，请特洛伊的帕里斯王子评判。三神各许一愿，密涅瓦许以智慧，维纳斯许以美女海伦，天后许以财富。结果王子把金苹果给了维纳斯。）这就是说，溺身于情的人，是甘愿放弃财富和智慧的。

当人心最软弱的时候，那就是当人春风得意、忘乎所以和处境窘困、孤独凄零的时候，爱情最容易入侵，虽然在后一情境中不易得到爱情。人在这样的时候最急于跳入爱情的火焰中。

由此可见，"爱情"实在是"愚蠢"的儿子。但有一些人即使心中有了爱，仍能约束它，使它不妨碍重大的事业。因为爱情一旦干扰事业，就会阻碍人坚定地奔向既定的目标。

我不懂，是什么缘故使许多军人更容易坠入情网，也许这正像他们嗜爱饮酒一样，是因为危险的生活需要欢乐的补偿。

人心中可能潜伏着一种博爱倾向，若不集中于某个专一的对象，就必然施之于更广泛的大众，使他成为仁善的人，像有的僧侣那样。

夫妻的爱，使人类繁衍；朋友的爱，致人以完善。但那荒淫纵欲的爱，却只会使人堕落毁灭！

❓ 感悟·思考

1.古今中外，有不少人论述爱情，形成了各具特色的爱情观。有宗教神学的爱情观，有庸俗主义的爱情观，有理性主义的爱情观。本文中，培根关于爱情的观点有哪些？都是怎样的观点？

2.培根在文中提醒人们对待爱情要谨慎，同时论述了过度的爱情会让人损失许多，这些损失都表现在哪些方面？

论高位 [精读]

古训有"人可一生不仕，不可一日无德。""做官不为民做主，不如回家卖红薯。"他们对做官与做人的认识都很有见地，都透彻地诠释了做人、做事和做官的关系与深刻内涵。道理很简单，做起来却不容易。

名师点评

写作借鉴

开篇点题，总领全文，说明了身在高位的众多局限：没有言行的自由，没有支配时间的自由。

身处高位者是三重意义上的臣仆——君主和国家的臣仆，名誉地位的臣仆以及事业的臣仆。所以，他们没有自由——没有言行的自由，也没有支配时间的自由。

为谋得高位或者说为凌驾他人之上，宁可以失去自由为代价。人性的这种欲望真是不可思议！何况取得权势并非一件容易的事。人在这条路上要忍受许多痛苦，然而得到的却未必不是更深的痛苦。

为了取得权势，人们常常不择手段。但即使达到高位也往往坐不安稳，一旦倒台便是身败名裂。因此，这真是一件可悲的事。正如古语所说："早知今日，何必当初！"然而，识时务者又有几人？在宦海激流中，人们常常是在应该退时不肯退，想要退时已退不成。

但是，人性偏偏迷恋于权势。也许因为默默无闻的寂寞是难挨的。正如那些老人，尽管已届风烛残年，却仍然闲坐在热闹的街口，借此追忆往昔的尊荣。有趣的是，身处高位的人只能通过别人的眼睛来确认自己的幸福。而如果根据自身的感觉来判断，就很难找到究竟是否幸福的答案。他们能引以自慰的，只是别人对自己的羡慕和模仿。这使他们得到骄傲和荣誉，与此同时，尽管他们的内心也许恰恰相反。他们会时时感到忧虑，尽管他们只有在结局到来时才能真正意识到自己的错误。

身居高位的人，往往没有时间保持自己身心的健康。塞涅卡说："尽管名满天下，自己却一无所知，这样死去是不幸的。"有权势者，既能行善也能作恶，不过作恶会受到舆论的谴责，所以，最好还是不做。行善的意向是值得嘉许的，但单纯地停留在好的意向上，虽然上帝可以接受，对于人世来说还不如一场梦。许多有利于人类的好事，要办成都需要借助于权势。

成功与美德是衡量人生事业的两种尺度。同时具备这两者的人，是幸福的。所以，一个人行事应当做到，即使面对上帝也不感到亏心，如此方能获得灵魂的"安宁"。正如《圣经》所说："直到上帝看到他所创造的一切都很好，才在第七日停止工作，放心地休息了。"身处权位者，应该以此为自己工作的榜样。此外，还应从过去那些不称职者身上吸取反面的教训。当然，这样做不应当是为了贬低他人，而是为了避免重蹈他人的旧辙。同样，如果有所兴革，也不应是为了诋毁历史，而是为了为后人开创好的先例。

掌权者应当研究历史，尤其要注意分析好的事物是什么时候蜕化和怎样蜕化的，同时还应当了解当代与历史的不同特点。对于历史，应当寻找其中最优秀的东西；而对于现代，则应当寻找当前最实用的东西。应当力求使自己的行动有规律性，以使人们能有所遵循，绝不要过于自信和自负。当需要变更成规时，应该把这样做的理由向公众解释清楚。

掌权者享有特殊的权利，这是应该的。但对于这种特权，与其炫耀，不如默享，更不应当滥用这种特权干预法律。同时，也必须照顾下属们的权益。对下属的事，只应做原则性的指导，而不要事事插手。

这里并不是指真正的好管闲事，而是指给高位者一些好的建议和意见。

要善于接受并且寻求对你有益的忠告和建议，不要把那些"好管闲事"的热心人拒之门外。

掌权者易犯的过错有四点：延误、受贿、蛮横和被欺惑。避免延误的办法是：信守时间、当断则断，不要把必须做的事积压起来。矫治贿赂的恶习，除了杜绝下属接受不义之财，也决不给那些行贿者恩惠和利益。不仅不能受贿，而且不能给人留下你可以用财物收买的任何疑点。要使人知道你不仅反对受贿，而且憎恨行贿者。如果对某件先已决定的事情，无明显理由突然改变原则或意图，那么就可能引起主管者因收受了某种贿赂而改变意图的嫌疑。

因此，当改变一个观点或做法时，一定要把这样做的目的以及改变的原因公布于众。

要注意，一个仆人或一个亲信，由于与有权势者的密切关系，常常可以成为通向贪污受贿的秘密渠道。

至于蛮横，应当知道，这比严厉更糟。严厉能产生敬畏，而蛮横却只能招致怨恨。处高位者最好不要轻易责骂下属，如果非责备不可，态度也要庄重严肃，决不可使用讥讽的口气。

至于被欺惑，那要比受贿赂危害更大。因为贿赂只是偶然发生的，而一个掌权者如果易于受欺惑，那么，他就永远只会不自觉地照别人的意志办事。

所罗门曾说："讲私情没有好处。它使人为了得到一块面包而破坏法律。"还有一句古话说得好："地位展示性格。"这就是说，在高位上的表现将使人的品格暴露无遗。这句话相当有道理。

塔西佗曾批评迦尔巴说："假使他不曾成为帝王，大家倒会相信他有雄才大略，有能力治理国家。"而对于韦斯帕芗，他却说："掌权以后他的人格得到增进。"第一句话批评迦尔巴的失败，而后一句话则赞许韦斯帕芗的修养。地位愈高修养愈增，这是具有善的品格的最好证明。

因为荣誉是来自或者说只应该来自于美德。但世人往往当其未得志的时候，尚能具有某些美德，而一旦有了权势，就丧失了这种美德。

这正如在自然界中物体的运动一样，在启动时很迅速，而在行进中则缓慢下来了。

取得权势的路是不平坦的。在这条道路的开端，参加某一政派是必要的，但一旦达到相当地位后，就应当退出派争寻找平衡。

当权者对前任的荣誉要珍视和公正，否则当你引退时，人们也会用同样的办法来报复你。

对于前后左右的共事者，应当相互关照。

宁可在他们不想会见时会见他们，也不要在他们想求见时拒绝他们。在谈话中以及答复下属的问题时，不如忘记自己是一个地位高的人，切不可念念不忘自己的高位而摆出一副官僚架子。

应该使人得到这样一种印象："他在生活中是平凡的，在职务中却是超众的。"

名师点评

我的点评

_____

_____

_____

_____

_____

写作借鉴

将抽象的道理具体化，深入浅出地说明了人们在得到荣誉前后的表现。

阅读提示

在生活中要摒弃高高在上的架势，在工作中要竭尽全力，全力以赴。这样才能得到人们的尊敬与爱戴。

❗ 品读·理解

　　本文用朴实无华的语言向我们阐述了身处高权位的人的种种局限，宁可以失去自由为代价，没有言行的自由，没有支配时间的自由等等。但依然有些人为了谋得权势，不择手段，但往往达到了高位也不一定能坐安稳。

　　分析权位会自然而然地显示出其在位者的品行，强调人们要注意自己的言行。为官者就要"为官一任，造福一方"，为人们做好事，谋发展，做人的标准和做事的原则都高于人民。同时，还要经得起各种诱惑和考验。

　　本文也讲述了一些在官场中对待不同的人、处理不同的事的一些技巧，从中也表现了作者的从政痕迹。

❓ 感悟·思考

　　1."这正如在自然界中物体的运动一样，在启动时很迅速，而在行进中则缓慢下来了"，这句话中的"这"指什么？整句话在表达方法上有什么特点？

　　2.人们在有权位时容易犯哪些错误？避免犯这些错误的方法和技巧作者也在文中作了论述，用自己的话说一说，并找出相应的语段。

论韬晦

🎋 名师导读 🎋

《三国演义》里"青梅煮酒论英雄"的故事可以说是家喻户晓。曹操的试探，刘备自然知晓，于是在曹操面前装疯卖傻，表现出一副无所作为的假象，最终以弱胜强，奠定了三足鼎立的局势。反观古今，锋芒外露者惹祸招灾者的确不少。

韬光养晦，乃是弱者或处于弱势时需要的智慧和策略。而强者则无须掩饰自己，可以一是一、二是二，面对现实，直言不讳。因此在政治中，韬晦或自我掩饰，乃是一种防御性的自全之术。

塔西佗曾说："里维亚兼有她丈夫的机敏和她儿子的深藏不露。机智来自奥古斯都·恺撒，而深沉正是提比略的优点。"塔西佗又说，当莫西努斯建议韦斯帕芗进攻维特里乌时，他这样说："我们现在所面对的敌人，既不具有奥古斯都明察秋毫的智慧，也不具有提比略那种含而不露的深沉。"这些话里都区分了两种素质的不同——谋略与韬晦。而对此二者，确实是应当认真辨别的。

一个人必须有深刻的洞察力，才能适时判断什么事应当公开做，什么事应当秘密做，以及什么事应当若明若暗地做，而且深刻地了解这一切的分寸和界限。（这实际就是塔西佗所谓的那种政治的艺术，对他来说，也一定了解以退为进的韬晦之术。）

而一个人如果不具有这种明智的判断力，他又很可能掩饰得太过分，以至于在应该讲话时也不敢讲，从而暴露了他的软弱。

君子坦荡荡。强者往往具有光明磊落的精神，表现出能谋善断的作风。

他们正像那种训练有素的马，善于识别何时可以速行，何时应当转弯。既能运用坦率的好处，又懂得在何时必须沉默。而即使他们因不得已而韬晦，由于人们对他具有一贯的信任也不易被识破。

韬晦之术有上、中、下三策。上策就是沉默。沉默使别人无法得到探悉秘密的机会。

中策是施放烟幕，转移注意。这就是说，只暴露事情中真实的某一方面，目的却是掩盖真相中更重要的那些部分。

下策是散布谎言。即故意设置假象，掩盖真相。

关于第一点，经验表明，善于沉默者，常能获得别人的信任。这可称作牧师的美德。守秘密的牧师肯定有机会听到最多的忏悔。因为有谁会乐于对一个多嘴多舌的人敞开心扉、披露隐私呢？

正如真空能吸收空气一样，沉默者能吸来很多人深藏于内心的隐曲。人性使人只愿意把话向一个他认为能保守秘密的人倾诉，以求减轻自己心灵的负担。因此可以说，善于沉默是获得他人隐秘的手段。

另一方面，赤裸裸的暴露总是令人害羞的（无论在肉体上或精神上）。而一个善于沉默的人，则显得具有尊严。所以说，善于沉默是一种修养。我们可以发现，那些饶舌者都是空虚讨厌的人物。因为他们不但议论知道的事情，而且议论他们所不了解的事情。还应当注意，沉默之术不仅应当节制语言，而且应当控制表情。通常在观察人的时候，最微妙的显露内心之处，莫过于观察他的嘴部线条。表情是内心的显露，其引人注意和取得信任的力量有时甚至超过语言。

再说第二点，掩饰和作伪有时是必要的，尤其在一个人对某事知情，却又不得不保持沉默的时候。因为对一个知情者，关心的人一定会提出各种问题，设法诱使他开口。即使他保持沉默，聪明人从这种沉默中也能窥见某些迹象。所以说某些模棱两可之词，有时正是为了隐藏真相所不得不披上的一件罩衣。

至于谈到第三点，即作伪或说谎，我认为，即便它可能发挥某种作用，但总之，其恶果也是远远超过其益处的。一个骗子绝不是一个高明的人而是一个邪恶的人。一个人起初也许只是为了掩饰事情的某一点而说一点谎，但后来他就不得不说更多的谎，以便掩盖与那一点相关联的一切。

然而伪装有三点好处：第一，可以迷惑对手，麻痹敌人；第二，可以给自己留有余地，掩护退却；第三，可以以谎言为诱饵，探悉对方的意图。所以西班牙人有一句成语：抛出一种假的意向，换取一种真的实情。

但作伪也有三点害处：第一，说谎者永远是虚弱的，因为他不得不随时提防被揭露；第二，伪装使朋友也发生迷惑，从而失去合作者；第三，这也是最根本的害处，就是作伪将使人失去人格——毁掉人们对他的信任。

因此，比较明智的做法，就是努力建树真诚坦荡的形象，又善于运用韬晦之术。但不在万不得已时，不要行欺诈之术。

❓感悟·思考

1.《论韬晦》可以说是作者的为官之术。韬光养晦之术有上策、中策和下策，它们分别是什么？用自己的话简要地说一说，并从原文中找出相关的句子，用波浪线画出来。

2.作者在论述第二点时，认为"掩饰和作伪有时是必要的"，这样说的原因是什么？

论人的天性

名师导读

关于人性的思考看起来有些抽象而难于理解，但这并不意味着它们是错误的。相反，那么多聪明而深刻的哲学家们至今还未全面认识的东西，似乎不可能是很明显而且容易让我们理解的。今天我们将面对这样一个抽象而难于理解的话题——论人的天性。

对天性的控制，不可过于自信。

人的本性有时会深藏不露，但在某种场合或某种诱惑下又会按捺不住。

就像《伊索寓言》中那只猫，它变成女人，端坐在餐桌旁，可当一只老鼠窜过去时，它就情不自禁地扑了过去。

所以，要么完全避开这种场合，要么干脆常常经历这种场面，从而做到不为所动。

在私生活里，人的本性会暴露无遗，因为那时无须掩饰。

情绪激动时，本性也会流露出来，因为那时难以自制。

在新的境遇中，人的本性也会流露出来，因为那时已脱离熟知的环境。

天性和职业相适合的人是幸运的。

个性与职业相悖的人会抱怨："我的灵魂许久找不到归宿。"

在治学上，对非学不可的东西，要规定时间学习。

对于自己天性相合的学问就不必拘泥时间，稍有余暇，你的思想会不由自主地飞往那里。

人的天性可以育成香花，也可以长成杂草。

香花宜精心浇灌，杂草当及时去除。

❓ 感悟·思考

1.作者在文章开头就向我们阐述了"人的本性有时会深藏不露，但在某种场合或某种诱惑下又会按捺不住"，这其中的"某种场合"和"某种诱惑"分别指哪些情况？

2."人的天性可以育成香花，也可以长成杂草。香花宜精心浇灌，杂草当及时去除"这句话表达了作者怎样的观点？

论青年与老年 ［精读］

名师导读

　　老年人是哲学，青年人是诗。哲学给人理智，诗教人浪漫。老年人需要手杖却常常做了别人的手杖，青年人需要思想却常常有人替他思想。如果把青年与老年的优点结合起来，那将是多么美好的事！

名师点评

写作借鉴

　　通过对比青年与老年思想方面的不同，得出青年与老年在深刻和正确性方面有差别的观点。本句话也是全文的中心句，使文章层次分明。

　　一个年岁甚轻的人可以是富于经验的人，如果他不曾虚度生活的话，这毕竟是罕有的事。

　　一般说来，青年人富于直觉，而老年人则长于深思。这两者在深刻和正确性上是有显著差别的。

　　青年的特点是富有创造性的想象和发明力。然而，热情炽烈而情绪太敏感的人，往往要在中年以后方能成事，恺撒和塞普提摩斯就是例证。曾有人评论后者说，他曾度过一个荒谬的——甚至是疯狂的青春，然而他毕竟成为了罗马皇帝中极能干的一位。具有沉稳性格的人则在青春时代就可成大器，奥古斯都大帝即是如此。另一方面，对于老人来说，富于热情和活力也是难能可贵的。

　　青年长于创造而短于思考，长于猛干而短于讨论，长于革新而短于持重。老年人的经验，引导他们熟悉旧事物，却蒙蔽他们无视新情况。青年人易有所发现，但行事轻率却可能毁坏大局。

青年的性格如同一匹不羁的野马，藐视既往，目空一切，好走极端。勇于革新而不去估量实际的条件和可能性，结果常因浮躁而改革不成却招致更大的祸患。老年人正相反。他们常常满足于困守已成之局，思考多于行动，议论多于果断。为了事后不后悔，宁愿事前不冒险。

最好的办法是把青年的特点与老年的特点在事业上结合在一起。从现在的角度说，他们的所长可以互补他们各自的所短。从发展的角度说，青年可以从老人身上学到他们不具有的优点。而从社会的角度说，有经验的老人执事使人放心，而青年人的干劲则鼓舞人心。如果说，老人的经验是可贵的，那么，青年人的纯真则是崇高的。

名师点评

写作借鉴

用"不羁的野马"比喻青年"藐视既往，目空一切，好走极端，勇于革新，不顾条件"，也就是他们无拘无束、敢冲敢闯的性格。

我的点评

❗ 品读·理解

　　文章主要论述了青年和老年各自的长处和短处。青年长于创造而短于思考，长于猛干而短于讨论，长于革新而短于持重等；而老年安于现状，思考多于行动，议论多于果断。如果能将二者的长处结合起来，必能推动事业的长足发展。

❓ 感悟·思考

　　1.作者在文中既论述了青年的长处，也说出了青年的不足，请你用自己的话分别说一说青年的长处与不足各是什么？

　　2.以本文的观点为依据，思考塞普提摩斯从一个热情炽烈而情绪太敏感的人成长为一位优秀的罗马皇帝的关键是什么？

论迷信

❃ 名师导读 ❃

英国科学家关于宗教与科学的宣言，现仍存于牛津图书馆中，其宣言内容有一段如下：我们以自然科学家的立场，发布我们对宗教和科学的意见。现在科学界有人贪求科学真理，因而怀疑圣经真理及其真实性，误人如此，使我们深感遗憾。我们认为神的存在一方面记载于《圣经》，另一方面记载于自然界，尽管在形式上有所不同，但彼此并不冲突。我们应当牢记物理学尚未臻完善，目前有限的理解如同对镜观看，仍是模糊不清，而现在自然科学的学者，仅凭他们对自然的理解而持反对怀疑的态度面对《圣经》，实令人痛心。我们深信研究自然的目的乃在于阐明真理，如果研究的结果与《圣经》相抵触，我们应当心平气和地听神的指示，并确信两者之间必然相符，不可认为《圣经》与科学有分歧相抵之处。此宣言已有百年之久，这使我们更确信神的创造能力。相信你看完下面的文章，会对这一段话有一个全新的理解。

关于神，宁可毫无意见，也比有意见而这种意见是与神不称的好。因为前者是不信而后者是侮辱，迷信的确是侮辱神明的。关于这一点普卢塔克说得很好。他说："我宁愿人家说从没有过普卢塔克这么一个人，也不愿人家说从前有一个普卢塔克，他的儿女一生下来他就要把他们吃了。"——就如诗人们关于塞特恩的所言一样。

这种对神的侮辱越大其对人的危险也越大。无神论把人类交给理性，交给哲学，交给天然的亲子之情，交给法律，交给好名之心。所有这些东西，虽没有宗教的存在，也可以引导人类，使有一种外表上的道德，但是迷信却卸除了这一切，而在人的心里树立起一种绝对的君主专制。因此，无神论从没有扰乱过国家，因为无神论使人谨慎自谋，因为人们除了自己的福利以外没有别的顾虑，所以我们看见那些倾向无神论的时代（如奥古斯塔斯大帝之世）都是太平时代。但是迷信曾经扰乱过许多国家，它带来了一个新的第九重天，这第九重天是要把政府的诸天都强引离开常规的。

迷信的主人公是民众。在一切迷信之中，有智慧的人是跟随着愚人的，在理论上是跟着一种颠倒的次序，拿来适应行为的。在串特会议中，经院派的学者们是很占优势的，有些高级教士曾有如下的意味甚深的话。他们说，经院派中的人有如天文学家。天文学家假设离心圈、本轮及此类的轨道诸说以解释天文上的现象，虽然他们知道是没有这种东西的。同样，经院派的学者们构造了许多奥妙复杂的原理和定律以解释教会的行为。迷信的原因是：悦人耳目诸官的礼仪；过度地注重外观与法利赛式的虔诚；对传习的过度尊崇，这种传习是一定要给教会加以压迫的；高级僧侣为私人的野心或财富而设的计谋；过于注重个人的"良好用意"，而这种用意是足以引起标新立异的；以人间的事理揣测神明，这是一定要产生杂乱的狂想的；最后，还有野蛮的时代，尤其是与灾祸有关的时代。

迷信若无遮掩则是一种残缺丑恶的东西。比如一只猿猴，因为它太像人了所以更加丑恶，所以迷信类似宗教之处也使其更为丑恶。又有如好肉腐化而成小蛆一般，良好的仪式及规律也可以腐化而成为许多琐细的礼节。

有时人们以为他们对于以往的迷信离得远那就是最好的行为，在这种时候就有了一种反迷信的迷信，因此应当留心不要把好的同坏的一起去掉了，这种事情当一般民众来做改革家的时候是会做出来的。

❓ 感悟·思考

文章标题虽然是《论迷信》，但文中也有不少笔墨是论述宗教以及宗教和迷信二者的关系。针对二者，作者是什么样的观点，用你自己的话来说一说。

论游历 [精读]

旅游使人心旷神怡，使人提高情趣，还能激发起人们的爱国主义情怀。登泰山而欢呼其雄伟，游三峡而赞美其神奇，过大漠而惊叹其旷莽，临沧海而感受其深邃。

名师点评

游历对年轻人是教育的一部分，在年长的人是经验的一部分。还未学会一点某国的语言就往某国游历可说是去上学，而不是去游历。

少年人应当随着导师或带着可靠的从者去游历，愚亦赞成，只要那导师或从者是一个懂得所去国的语言，并且曾经到过那里的就是了。因为如此他就可以告诉那同去的少年在所去的那个国家里何者当看，何人当识，并有何种的阅历训练可得也。如不然者，少年人去到外国将如鹰隼之戴着头巾，是不会怎样往外面看的。在航海的时候，除了天和海以外，别无什么可看的，然而人们却常写日记。在陆地上旅行的时候，可观察者甚多，而人们却常省略写日记之举，好像偶见的事物比专心去观察的事物反倒较为值得记载似的，这是很奇怪的。所以日记是应当记的。

在游历中应当观览考察的事物是：君主的朝廷，尤其是当他们接见外国使臣的时候；法庭，当他们开庭问案的时候，还有宗教法院，教堂及僧院，和其中遗留的

写作借鉴

通过形象的比喻，让我们深切体会到少年人去游历需有经验的指引是多么的重要。

写作借鉴

作者列举了诸多在游历中应观察的事物，列举的事物全面、周到、细致，几乎各个方面都涉及了。

阅读提示

"不但如此"承接上文，引起下文，吸引读者的阅读兴趣。

纪念品；城市的墙垣与堡垒、商埠与港湾、古物与遗迹（指图书馆）；学院，辩论会，演讲（如果有的话）；航业与海军；大城附近的壮丽建筑与花园、武库，兵工厂、国家仓库、交易所、堆栈、马术训练、剑术、军操，以及此类的事物；上流人士所去的戏院；珠玉衣服之珍藏；木器与珍玩；最后，任何当地值得记忆的事物。关于这一切那做导师或仆人的人们是应当仔细访问的，至于那些盛典、宫剧、宴会、婚礼、出殡、杀人以及此类的景象，是无须令人记忆的，然而也不可把它们忽略了。

如果你要一个年轻人把他的游历限于一个小的地域，并且要他在短时间内得到许多知识的话，他就一定非如此做不可。第一，如上所述，在他去的以前他一定要稍会所去国的语言。又如上述，他也得有一个熟悉那个国家情形的仆从或导师。他也得随身带上些描述他所要去的国家的地图或书籍，这些书籍对于他的访问观察将成为一种良好的引导。他也应当记日记。他在一个城或镇中不可住得过久，他居留期间之长短应当合乎那地方的价值，但是不可过长。

不但如此，当他住在一个城市中的时候，他应当把住所由城市的一端或一部分迁移到另外的一端或一部分，这样就大可以吸引许多相识了。他应当和他的本国人分开，不要常常来往，并且在那儿可以遇见所在国中上流人士的地方吃饭。在他从一处迁往别处的时候，他应当设法得到介绍，可以拜见所去的地方的名人，为的是这人可以在他所想见到或所了解的事物上替他帮忙。如此他就可以缩短他的游历时间同时获得不少的益处了。至于说到在游历中应当寻求的友谊，那最有益处的就是和各国使节的书记或私人秘书的交际。如此，一个人虽在一国中游历却可以吸收关于许多国家的知识也。这个游历的人也应当去见各界中在国外有大名的名流或巨子，为的是也许他可以看出来这些人的真正为人与他们的声名有多少相符之处。

至于争斗，那是必须谨慎避免的。争斗的原因普遍多是为情人、饮祝、座次以及言语。一个人应当注意如何与善怒喜争之人交往，因为这些人是会把他卷入他们自己的争斗中的。一个旅行者回到本国之后，不可把曾经游历的国家完全置之脑后，而应当与他所结交的最有价值的异国朋友继续通信。再者，他的游历最好是在他的谈话中出现而不要在他的服装和举止中出现。而在他的谈话中，他也最好是审慎答问而不要争先叙述他的游历，并且他应当让人家看到他并不是以外国的习惯来替代本国的习惯，而仅仅是把他从国外学来的某种最好的事物移植到本国的风习中而已。

名师点评

阅读提示

一般游历者回国后都会把自己在异国的见闻、感受滔滔不绝地讲出来，甚至外国的习惯也会在本国表现出来。作者在这里提醒游历者不要这样做。

我的点评

❗ 品读·理解

中国有"行万里路，读万卷书"之说，是说游历能增长知识，开阔眼界。作者主要向我们介绍游历时要注意的问题和细节。文章开头告诉我们，年轻人要跟随有经验的人去游历，才能知道去观察一些什么，这样才能有所收获。同时，要养成记日记的习惯。然后详细地列举出在游历中应该观察的事物。最后，提醒那些游历者回国后需要注意的问题，很有现实意义。

❓ 感悟·思考

1.一个旅游者回到本国之后，一定会有很多收获。那么，在与本国人交谈的时候，要注意些什么问题呢？

2.学完本篇文章，你觉得作者笔下的游历与你心中的旅游想法是否相同？有什么区别？如果你有机会出去旅游，你会观察哪些方面？

论王权

名师导读

　　王权就像是挂在山峰上的一颗璀璨的明珠，人人都渴望得到它。能够爬到山顶已颇费周折，还要想尽办法守住明珠更是不易。古往今来，历代王权的更替都充满了血腥或猜忌。明珠抢到手里也要提防来自各个方面的对手。那么，王权在握的人应该怎样对待它呢？

　　所欲者甚少而所畏者甚多，这种心理是一种痛苦可怜的心理，然而为帝王者其情形多是如此。他们因为尊贵已极，所以没有什么可希冀的，这就使得他们的精神萎靡不振，同时他们又有许多关于危难暗祸的想象，这又使他们的心智不宁了。这也就是《圣经》中所谓"君心难测"的那种情形的原因之一。因为畏忌多端而没有一宗主要的欲望可以指挥并约束其余的欲望，这种心理会使得任何人的心都是难以测度的。因此，有许多君王常为自己制造欲望，并专心于细事：这些细事有时是一座建筑，有时是建立一个教宗，有时是擢升一人，有时是要专精一艺或一技，如尼罗之于琴，道密先之于射，可谟达斯之于剑，卡剌卡拉之于御，以及类此者皆是也。这对于那些不知道下列原理的人好像是不可思议的，那原理就是人的心理乐于在小事上得益，而不乐于在大事上滞留。我们也常见那些早年曾为幸运胜利者的帝王，因为他们不能永远进取，而在幸运中不得不受限制的缘故，在晚年变得迷信而且寡欢，例如亚历山大大帝、代奥克里贤，还有我们都记得的查理第五，以及其他的君王之所为是也。因为一向惯于进取的人，在后来碰了钉子，不免要自轻自贱，非复故我的。

现在且说王权的真气质，那是很不容易保持的，因为真的气质和失调的气质二者都是由矛盾冲突之物所成也。然而掺和相反的事物为一事，交换相反的事物又为一事。阿波郎尼亚斯答外斯帕显的话是满含最好的教训的。外斯帕显问他："招致尼罗的颠覆者是什么？"他答道："尼罗善于调弦弄琴，可是在政治上，他把轴栓有时拧得太紧，有时放得太松了。"无疑地，忽然大施威迫，忽然过度松弛，再没有比这种不平衡不合时的政策之变换更能破坏威权的了。

近代讲人君之事者，其智多在巧避与转移临近的危难，而不在坚固合理的，使人君超然危难之上的常轨。但是这种办法简直是与幸运之神争短长了。人们也应当小心，不可忽视或容忍变乱的资料之渐积，因为没有人能防止那星星之火，也没有人能够看出这火星子将从何方来。人君事业中的艰难是多而且大的，然而其最大的艰难却常是在他们自己心里的。因为做帝王的人有矛盾的欲望乃是常事也："君王们的欲望多是强烈而又自相矛盾的。"（如泰西塔斯所说）权势的自然弱点就是想要达到某种目的却不肯忍受那必需的手段。

为帝王者必须应付其邻国、后妃、子女、高级僧侣或教士、贵族、第二流的贵族或绅士、商人、平民、兵士，所有的这些方面都可以兴起危难，假如他不小心谨慎的话。

先说他们的邻国。关于这点除了一条永远可靠的定理外别无普遍的定理可说，因为情势是十分易于变化的。那一条永远可靠的定理就是为人君者应当坚持不懈，毋使任何邻国（或以领土之扩张，或由商业之吸引，或用外交的手腕，以及此类的种种）强大到比原先更能为患于本国的程度。要预料并防止这种情形是政府中某项永久机关的工作。在从前三大君主——就是英王亨利第八、法王法兰西斯第一、皇帝查理第五为欧洲领袖的时候，他们三位之中谁不能得尺寸之土，如果有一位得着了尺寸之土，其余的两位立刻就要把那种情形纠正过来，其方法或以联盟，或以战争（如果必要的话），并且无论如何决不贪一时之利而与之讲和，其互相监视之严有如此者。又奈波尔斯王飞迭南、劳伦斯·麦地奇与卢道维喀斯·斯福尔察（二人都是霸君，一个是佛洛伦斯的，一个是米兰的）之间的那个联盟（即贵恰的尼所谓意大利之保障者）其所为亦与此相同。还有经院学派中某些学者的意见，以为因已成的伤害或挑衅的原因而作战，不能算是堂堂正正之师，这种意见是要不得的。因为敌人虽尚未给我们打击，但是我们却有充分的理由恐惧临近的祸患，这算是战争的正当原因，是没有问题的。

至于后妃，她们之中是有残酷的例子的。里维亚因为毒害丈夫而著恶名；罗克撒拉那，梭利满的王后，杀害那位出名的王子苏丹穆斯塔发的人，并且在别的方面也曾搅乱其家庭及嗣续；英王爱德华第二的王后在废除并杀害她的丈夫之举中是主要人物。因此，最当防范这种危险的时候，就是当那为后妃者为了要扶立自己的所生而有阴谋的时候，否则就是当她们有外遇的时候。

至于子嗣，同样地，由他们而来的危难其所致的不幸也是很多的。一般说来，父亲对儿子生疑忌之心者总是不幸的。穆斯塔发之死对梭利满王室是一种致命伤，因为土耳其王室自梭利满以至今日的王位继承都有不正之嫌疑，恐是外来的血统，因为塞利马斯第二被人认为是私生子。克瑞斯帕斯（一位非常温顺的青年王子）之见杀于康士坦丁努斯大帝，也同样地是他那个王室的致命伤，因为康士坦丁努斯的两个儿子，康士坦丁努斯和康士坦斯，都死于非命，他的另外一个儿子，康士坦洽斯，结局不佳。

为人君者有如天上的星宿，能致福亦能致祸，受到很多的尊敬但是没有休息。一切关于帝王的箴言，实际是包含在这两句铭语里的，"记住你是个人"和"记住你是个神或者神的代表"。头一句话约束他们的权力，后一句话控制他们的意志。

❓ **感悟·思考**

"这也就是《圣经》中所谓'君心难测'的那种情形的原因之一"，其中的"这"在文中指什么？用自己的话来说一说，并从文中找出相应的语句用横线画出来。

论谏议

名师导读

　　从前，意大利有一个名叫皮斯阿司的年轻人触犯了国王。皮斯阿司被判绞刑，在某个法定的日子要被处死。皮斯阿司在临死之前，希望能与远在百里之外的母亲见最后一面。国王感其诚孝，同意了他的请求，但条件是必须找一个人来替他坐牢。有谁肯冒着被杀头的危险替别人坐牢？但是，真有！他就是皮斯阿司的朋友达蒙。

　　达蒙住进牢房，皮斯阿司回家与母亲诀别。日子如水，眼看刑期在即，皮斯阿司却没有回来的迹象。行刑日是个雨天，当达蒙被押赴刑场之时，围观的人都在笑他的愚蠢。但刑车上的达蒙，面无惧色。追魂炮被点燃了，绞索也已经挂在达蒙的脖子上。人们在为达蒙深深地惋惜，并痛恨那个出卖朋友的小人皮斯阿司。但是，就在这千钧一发之际，在淋漓的风雨中，皮斯阿司飞奔而来，他高喊着："我回来了！我回来了！"

　　人与人之间最大的信任就是关于进言的信任。因为在别的信托之中人们不过是把生活的一部分委托于人，如田地、产业、子女、信用、某项个别事务，但是对那些他们认为是言官或诤友的人，他们是把生活的全部都委托了。由此可见，这些有言责的人是更应当严守诚信与坚贞的。人君中极聪明者也不必以为借助于言论就有损于他们的伟大或有伤于他们的声名。

　　连上帝自己也是不能少它的，并且他把进言这件事定为他的圣嗣的尊号之一：就是"进言者"或"规劝者"。所罗门曾经说过："安全是在忠言之中的。"凡事必有初动与次动，若不在言论的辩驳上颠簸，必将在幸运的波涛上颠簸，并且有始无终，成败不定，好像一个醉人的蹒跚一样。所罗门的儿子发现了言论的力量，就如同他父亲发现了言论的必要一样。因为上帝所最宠爱的那个国家是最先由邪说分裂破坏的。这邪说有两个特点，这两个特点可以说是天意特意赋予它的，以教训世人如何可以永远看出邪恶的言论。这种言论，在人的方面，是年轻人的言论；在事的方面，是主张暴力的言论。

帝王与言论之一体相关而不可分离以及帝王当如何善用言论之道，这二者都由古人以比喻说出了。其一，古人说久辟特曾娶米娣司，这位米娣司就是言论，古人借这个寓言表示君权是与言论一体的。其二，就是这故事的下文，古人说久辟特娶了米娣司之后，她怀了孕。但是久辟特不让她等到生产的时候就把她吞入腹内，他自己竟怀孕在身，后来就由头中产生了全身披挂的帕拉斯。这个荒唐的故事暗寓君道的秘密，是说人君应当如何利用朝议。第一，为帝王者应当把事务交付朝议，这就好像授胎使孕一样。但是当这些事务在议论的腹中已成形之后，为帝王者就不让朝议去决断并支配这些事务，好像非仗着他们不可似的。反之，应把事务拿回到自己的手里，并且要使世人看来那号令及最后的决断（这些号令及决断，因为它们发出的时候是审慎而且有力，因此，就可譬全副武装的帕拉斯）是从他们自己出的，并且不仅是从他们的威权，而是从他们的脑筋及智谋而来的（这样就更可以增加他们自己的名望了）。现在且一谈言论的害处及其救济之道。求言与用言的害处，其人见及者有三：第一，事务为人所知，机密于是不固。第二，人君之威权减弱，好像他们做事不能全仗自己似的。第三，是奸言的危险，所说的话于进言者比纳言者更为有利。因为这三种害处，所以意大利的理论和法兰西的实行（在某几位君王的时代）曾创密议或"内阁会议"之制，这是一种比疾病本身更坏的治疗术。

说到秘密，为人君者不一定要把所有的事情通知所有的言事之臣，他是可以选择的。并且，那问他应当怎样办的人也不一定要宣布他将要怎么办。然而为人君者却须提防，不可使事机泄露。至于那些秘密会议，下面这句话可为它们的座右铭，就是"我满是漏洞"。一个喋喋多言，以告人秘密为荣的人，其为害之烈，虽有许多懂得保密的责任的人也是挽救不过来的。有些事件需要极度的秘密，除了君主本人，不会有一两个以上的人知道，这是真的。

然而这一两个人的言论也不见得没有好处，因为，在保守秘密之外，这些言论还能继续依着同一方针进行而不受扰乱。可是要达到这种情形，为帝王者就必须要是一位明主，一位自己有力量办事的人君，并且那些参与机密的议事官也须是有智之人，必须是忠于君主的目的者才行。英王亨利第七，他在最重大的事件中从不把秘密告诉任何人，除非是摩吞和福克斯，这就是一个例子。

至于威权之减弱，上述的寓言已经表明补救之道了。不仅如此，帝王的尊严与其说是因为他们参与议论而削减，不如说是增高了，并且从来也没有过人君因为接受言论而失去臣仆的。唯有在某一个言事的人不次升擢或某几个言事的人组织过密的时候，那算是例外，但是这些情形是容易发觉并补救的。

再说最后的一件害处，就是人们会存私心而进言。无疑地，"他在地面上将找不到忠诚"这句话的用意是形容一个时代而非指所有个人的。有些人的天性忠实、诚恳、质朴、爽直，而不是狡猾、曲折，为人君者当首先把有这

样天性的人吸引到身边来。再者，言事之臣并非都是团结一致的，相反，他们常常是一个监视一个，因此若有一个人的言论是为党争或私心而发，这种情形多半是要传到君主的耳朵里去的。但是最好的救治之方是人君要懂得言官，如言官之懂得人君，人君之至德在乎知人。

在另一方面，言论之臣也不可过于喜欢察究他们君主的为人。一个参与言论的人真正应有的品性是要通晓他主人的事务而不是熟悉他的性格，因为这样他就会劝导他而不至于迎合他的脾气了。为人君者假如在听取他的议事诸臣的意见时能听取个人私下的意见，又能听取当众的意见，那是特别有用的。因为私下的意见较为自由，而当众的意见较为可重。私下，人们比较勇于表示自己的好恶；公众中，人们较易受别人的好恶之影响。因此两种意见都采取是好的，并且在听取较为低级的人们的意见时，最好是在私下，为的是可以使他们畅所欲言。在听取较为尊贵的人们的意见时，最好是在公众面前，为的是可以使他们出言慎重。为人君者若仅为事求言而不同样地为人求言，那么这种求言的举动就是空虚的，因为这样做，一切的事务就好像无生命的图像一般，而办理事务的那种生气则全赖择人得宜。要用人而征求意见时若仅依阶级为标准，以求其人品与性格，就好像在研究一种观念，或者一道数学题的时候分门别类的那种办法一样，那也是不够的，因为大错误之造成，或大识见之显出，都在用人得当与否也。古人说："死了的人乃是最好的进言人。"这话说得不错：当活着的有言责者畏缩不敢言的时候，书籍是敢直言的。因此，最好熟读书籍，尤其是那些曾经身历其境的人所做的书。

今日各处的议事机关大多数不过是一种平常的会议而已，在这种会议上诸种事务仅仅受谈论而未受辩论也。并且他们都是草草地由议事机关的命令或决议处理。在重大事件上，不如先一日提出其事而直至次日始讨论之为愈："黑夜带来良言。"在英、苏合并问题议事会上就是如此做的：那是个慎重有序的会议机关。我主张应有一定的日期专议请愿之事，因为这种办法既可以使请愿者对他们的请求能受注意的一事较有把握，又可以使会议机关有工夫来讨论国家之事，如此乃可以办理当前的急务。在选任委员会，为总议事机关预备一切的时候，任用那些无成见的人们比任用正反两面成见甚深的人，而造成一种均衡中立之势的办法好。我也赞成永久委员会之制，例如关于贸易的、关于财政的、关于军事的、关于诉讼的，以及关于某项特别事务的，因为若有许多特殊的小议事机关而只有一个国家的议事机关（如西班牙就是这样），那他们实际上等于永久委员会，不过它们的权大些罢了。凡是由他们的特殊职业而对于议事机关有所报告或陈述的人们（如律师、海员、铸钱者等）应当先到各委员会报告，然后，看时机之宜否，再到议事机关面前。并且他们不可成群而来，或者带一种傲慢不逊的态度，因为那样就是对议事机关咆哮示威，而不是有所陈述了。一条长桌或是一张方桌或是依墙排列座位都好像是形式上的事情而其实是实体的事情，因为在一条长桌之旁，在上端坐的少数人就可以实际上指挥一切，但是在别的坐法中，那坐在下位的议事人的意见就可以多受采纳了。一位君主，当他主持会议的时候，应当注意，不可在他的言辞中过于泄露自己的意向，否则那些议事官就要见风使舵，不拿自由自主的意见给他，而要给他唱一曲"吾将愉悦我主"的歌了。

❓ 感悟·思考

1."现在且一谈言论的害处及其救济之道"，联系上下文，用几句话来说明本文是怎样论述言论的害处和救济之道的？

2.作者在论述当权者听取不同身份的人的进言时，侧重点也不同。那么，在听取不同身份的人的进言时应分别采取什么样的方式和方法？用自己的话讲一讲。

论自谋

🎋 名师导读 🎋

　　有人说，人都是自私的，没有谁会无缘无故、不计回报地对谁好。世上没有绝对的好人，所谓的好人都是相对绝大多数人而言的，他可能没"坏"得那么明显，又或是出于某种目的做了一些所谓的"好事"。你赞同上面的观点吗？

　　蚂蚁是一种为自己打算起来很聪明的动物，但是在一座果园或花园里它就是一种有害的动物了。那深爱自身的人的确是有害于公众的。所以一个人应当把利己之心与为人之心以理智分开，对自己忠实，要做到无欺于人，尤其是对他的君主与国家。

　　一个人把私利作为行动的中心，是很不好的。那就完全和地球一样。因为只有地球是固定在自己的中心上的，而一切与天体有关之物则是依他物为中心而行动的，并且对这些别的物体是有利的。对一切事物都拿自己做标准，这在一个君主方面是较为可恕的，因为君主们的自身并不就是个人而已，反之，他们的善恶乃是公众的安危之所系也。但是这种情形若在一位君主的臣仆身上或在一个共和国的公民身上有之，则是一件极坏的恶事。

　　因为无论何事若经过这样的一个人的手里，他一定会把那些事为自己的私利而扭曲的，而这种行为一定常常是与他的主人或国家的利益相违背的。因此，为人君王或主政者应当选择没有这种性情或习惯的臣仆，除非他们的用意是要这种人办理细事，仅为工具者，那么，是可以有例外的。为私的最大弊害是使事务完全失宜。先顾臣仆之利，后及主上之利，这已经是很不合适的了；然而有时竟以臣仆之小利而不顾主上之大利，这就是为有害了。这种情形即是不良的官员、财吏、使节与将帅以及其他的奸臣污吏之所为。这种善于自谋的情形使他们取径不正，顺循自己的小利与私怨，而破坏君主的重大事业。

然而就最大多数而言，这般臣仆所得到的好处不过是与他们个人的幸运相当，但是他们为那点好处付出代价的弊害就与他们君主的祸福相当了。又"引火烧房但图烤熟自己之鸡卵"，极端的自私者，其天性确有如此者，然而这样的人往往得主上的信任，因为他们所注意揣摩的就在如何逢迎主人而肥己身也：为了这两者之中的任何一项，他们都会抛弃主人的事务之利益而不顾的。

善于谋生的聪明，在它的许多种类中，都是一种卑污的聪明。它是那房屋将倒以前定会离开的老鼠的聪明；它是那驱逐为它掘穴造屋的穴熊的狐狸的聪明；它是那在要吞噬他物的时候落泪的鳄鱼的聪明。但是尤其注意者，是那些"爱自己甚于任何旁人的人"（如西塞罗论庞拜之言）往往是不幸的。他们虽永远为自己而牺牲他人，结局他们却变为祸福之神的变化无常的牺牲品；而他们从前认为，以自己的善于谋身就已经把祸福之神的翅翼困缚住了的。

❓ 感悟·思考

1.《论自谋》中，作者是站在哪种人的角度上进行论述的？从文中哪些语句能够看出来？用横线画出来。

2."为人君或主政者应当选择没有这种性情或习惯的臣仆，除非他们的用意是要这种人办理细事，仅为工具者，那么，是可以有例外的"，这句话中的"这种"具体指什么？通过这句话，作者强调了一个什么观点？

论革新

名师导读

　　电脑，以前只是听说过，可现在除了学校、公司都配置了电脑外，电脑也走进了普通的人家。所以说新生事物的发展过程可能并不是那么快、那么顺利，但是它是不可战胜的。它的出现符合社会的发展规律，终究会取代旧事物。

　　一切生物的幼儿在最初的时候都不好看，一切的变更也是如此，变更者，时间之幼儿也。虽如此，有如初创家业者总比后嗣为强，最初的先例（如果是好的）也是不常易以模仿的。因为在尚未归正的人心上，"恶"是有一种自然的动力的，这种动力在继续中最强；而"善"却是一种勉强的动力，那动力是在起始时最强的。每一种药无疑地都是一种新创之事，不愿用新药的人就得预备着害新病，盖时间乃是最大的革新家也。并且，假如时间会自然地使事物颓败，而智谋与言论又不能使其改良，其结局将不堪设想了。习俗之所立，虽不优良，不失为适合之事，这是真的，长期并行的举动好像是互有关联的，而新的事物则与旧者不甚契合，它们虽有用，可是因为与旧的事物不融洽，所以会引起纠纷。再者，新的事物就好像异邦人，很受人艳羡，可是不大得人欢心。这些话当然都对，假如时间是停留不动的，可是时间是转动不停的，所以，固执旧习，其足以致乱与革新之举无异，而过于尊崇古昔者将为今世所笑也。因此，人们在更革之中最好能学时间的榜样。时间确常大事更革者，但是它是以安详出之的，并且其来渐也，几乎是不为人所觉察的。如不然者，凡是新的事物都将被认为出乎意料的事物，有所改进就必有所损坏。得益的人将以之为幸运，归功于时间；受损失的人则将以此为怨仇，而归罪于行革新之事的人了。还有，除非是极为必要而且显然有益的时候，最好不要在国家中试行新政，并且应当注意，须是改革的必要引起变更而不是喜新厌旧的心理矫饰出改革的必要来。最后，应当注意，革新的举动虽不一定要拒绝，却应当把它认为是一种嫌疑，不可轻率地相信，并且，如《圣经》上所说，我们应当立足于古道然后瞻顾四周，见有正直的大道，然后行于其上。

❓ 感悟·思考

1.文章主要讲述了作者认为对待新生事物的应有态度和看法，其观点是什么？

2.“新生事物在发展过程中也许会遇到这样那样的挫折，但是它是不可战胜的，符合社会的发展规律，终究会取代旧事物”是一个千古不变的真理，请你从原文中找出与之相对应的句子。

论敏捷 [精读]

名师导读

　　"欲先攻其事，必先利其器"，"磨刀不误砍柴工"，都是说做事要讲究方式办法，找到解决问题的捷径，自然会事半功倍。如若不然，就可能会事倍功半。怎么做才是真正的事半功倍呢？让我们来看看英国作家培根对此是怎样说的。

　　急求速成是必须谨慎的，犹如狼吞虎咽将令人消化不良一样。

　　真正敏捷的人，并非事情仅仅做得快，而是做得快而好的人。譬如在赛跑中，优胜者并非步子迈得最大或脚抬得最高者；在人生事业上，真正的能干者也并非急于求成的人。

　　某些人所追求的只是徒具外表的敏捷。为了炫耀工作的效率高，就把并未结束的事草草了结。然而这种做事往往是了而不结，使一件早该收尾的事，却不得不重复几次。所以我所熟识的一位精明人常告诫这种性急者：如果更耐心些，我们的事就会进行得更快。

　　然而另一方面，真正的敏捷又确实很有价值。如果说金钱是商品的价值尺度，那么时间就是效率的价值尺度。因此一个办事缺乏效率者，必将为此付出高昂代价。据说斯巴达和西班牙族人是行事迟缓的。因为有一句谚语说："我宁愿采用西班牙式的死亡。"那也许能让

名师点评

写作借鉴

　　"并非……而是……"这个关联词在这里用得非常恰当，主要强调了后半部分，即作者论述的观点——真正敏捷的人是做事又快又好的人，然后以一个形象的比喻来说明作者的观点。

阅读提示

把周密恰当的修辞方法比喻成穿着合身的衣服跑步，形容办事效率高。但话锋一转，以"但所当注意的是"引起人们的注意，又用一个生动的比喻句来说明，对持反对意见的人要避免坦率。

写作借鉴

比喻句运用，将"否定"比喻为被燃后的"草木之灰"，将"事情"比喻成"田地"。将抽象的道理具体化，肯定了"否定"的作用。

死亡来得慢一些吧。

当你听取别人介绍情况时，最好首先耐心听，而不要急于半途插话。因为话头一被打断，陈述者就不得不把旧题重复一遍。所以那些乱插话者，比发言冗长者更令人生厌。

说话啰唆也是浪费时间的。而善于抓住论题的实质，不使之漏掉，却能节省时间。周密审辨的修辞有助于提高效率，正如松快合适的衣着有助于奔跑。最浪费效率的修辞，恐怕无过于那种老一套的长篇大论套话了。而且这种套话虽然貌似谦虚，实质却总是掩盖浮夸矫饰。但应当注意的是，假如面前遇到一个持反对意见者，言论就有必要谦和而避免坦率。否则就会像把盐撒入伤口一样，会使他已有的成见更深。

敏捷而有效率地工作，就要善于安排工作的次序、分配时间和选择要点。只是要注意这种分配不可过于细密琐碎。善于选择要点就意味着节约时间，而不得要领地瞎忙却等于乱放空炮。

做事常可分为三步——筹备、审议、执行。为了提高工作效率，审议时博采众论、集思广益是必要的。但筹备和执行的人手却应当尽可能的少而精。

在把一件计划交付审议之前，先准备一个草案也能有助于提高效率。即使这一草案在审议中完全可能被推翻，但这也意味着事情获得了进展，因为这就否定了不合理的方案。这种否定正如被燃后的草木之灰对于田地，还是有利于植物生长的。

❗ 品读·理解

　　作者通过朴实的文笔向我们阐述：真正敏捷的人是做事又快又好的人，而不是为了炫耀工作效率，做事潦潦草草的人。同时，作者还告诉我们，真正的敏捷对做事而言是有重要意义和价值的。然后向我们细细地讲述针对不同的情况，怎样做才能提高工作效率。

❓ 感悟·思考

　　1.文章最后一个自然段中有好几个"这"字，其中加点的"这"字，在文中分别代表什么？

　　2.从"说话啰唆也是浪费时间的"这句话中，我们可以知道，还有其他浪费时间、做事没有效率的情况，你能从文中找出来几种？试试看，并简要地说一说其解决的办法。

论伪智

名师导读

　　我们经常听到有同学评价别人：自作聪明。自作聪明与真正的聪明有什么区别呢？二者之间有没有明显的界限呢？读完这篇文章，相信你对"自作聪明"这个成语会有一个更全面的认识。

　　有一种意见，认为法国人实际比外表聪明，西班牙人外表比实际聪明。但是不论两国之间的情形是否如此，人与人之间的情形却是如此的。圣保罗关于敬虔有言："有敬虔的外貌，却背了敬虔的实意。"同此，世间尽有人在聪明能力上没有什么作为或所为甚少，而外貌是很庄严的，以大力作细事。这些徒务形式的人有什么手腕并利用什么样的法术和机械，以虚浮的表面竟如有深度有体积之实体，在一个有识见的人看来，真是一件可笑而堪人讽刺文章的事。有些人是很隐秘的，隐秘得好像他们的货物非在暗处不拿出来给人看似的。他们好像常常心里有话而不肯明言，并且在他们心里明白所说的事自己并不甚知道的时候，他们却要装模作样，要让人家以为他们知道许多不能明说的事情。有些人借助于面容手势，他们的聪明是靠着姿势的，就和西塞罗说皮索的话一样，当皮索与西塞罗答话的时候，他把一条眉毛耸到前额上，把另一条眉毛弯到下巴上去了。"你答道——你的一条眉毛耸到前额，另一条眉毛弯到下颏——你不是爱残酷的人"。

　　有些人以为用伟大的字眼儿，说话不容异议，并且继续下去，把自己不能证实的话视为无问题的正确，就可以成为智者。有些人对于任何他们所不懂的事物都装出瞧不起的样子，或者认为是无聊或离奇而蔑视之，为的是这样他们的愚昧就可冒充识见了。有些人总是有不同的见解，他们通常以一种巧辩娱人，借此离开了本题，关于这种人盖利亚斯有言："一个疯子，一个用字句上的穿凿而破坏大事的人。"关于这一种人，柏拉图在他的《普罗塔高拉斯》一篇中，曾引入普罗第喀斯一人，以为嘲笑之资。柏拉图使他说了一篇话，这一篇话从头到尾全是分别异同之辞。一般言之，这样的人在议论中，总是喜欢站在否定的一方面，并且希冀能以反对及预示艰难得名。因为各种提案一经否决就算完了，但是如果它们一被通过，那就需要新的工作了，这种的假聪明是治事之大害也。总之，没有一个生意萧条的商人或倾家荡产的浪子，为了支持他们的财名，能像这种虚伪的人为了保持他们的才名而有一般多的诡计也。假聪明的人也许可以设法得到名声，但是谁也不要任用他们。因为，为了治事，即使任用一个有点荒唐的人，也比用一个过于重外表的人强。

❓ 感悟·思考

1."有一种意见，认为法国人实际比外表聪明，西班牙人外表比实际聪明。但是不论两国之间的情形是否如此，人与人之间的情形却实是如此的"句子中的两个"如此"所指的内容是否相同？如果不相同分别指什么？

2.文章结尾最后一句话，强调了为了"治事"应该重用哪一种人？

论邦国的真正伟大之处

🙞 名师导读 🙜

约瑟夫·奈曾经说过一句经典的话："硬实力能使人屈服，但不能使人信服。"意思是说，相对于经济和军事力量，文化的力量是软性的、有弹性的、无形的和无孔不入、无所不在的。他主要强调了国家力量的思想方面。你知道培根所说的"邦国的真正伟大之处"指哪一方面吗？

在某次宴会上，有人想请雅典人塞密斯陶克立斯弹琵琶。他说，他不会弄琴可是会把一个小城弄成一座大邦。因为这句话过于归功自己，所以是骄傲不逊，但是如果一般地用在别人身上，则可算是很庄肃贤明的评论。这句话（再用比喻的说法引申一下）就可以把从事国政者之中两种不同的才能表现出来。因为，如果把议事和执政的各官真正地观察一下，其中也许可以发现（虽然这是很稀有的）几个能使小国变为大邦而不能弄琴的人，同时，在另一方面，却可以发现许多巧于弄琴可是不但不能使小国变为大邦，而且是有相反天才的人，他们是能把一个伟大而兴盛的国家带到衰败凋零的地步的人。

并且，那些堕落的技巧智能，是许多公卿大夫借之以邀宠于主上钓名于流俗者，确实是除了"弄琴"之名，不值得更好的名称的。因为这些技巧只不过是一时欢乐之资，在会者本人虽可借以炫耀，而于他们所事的国家之幸福与进步，则无所裨益也。当然，也有些公卿大夫够得上一个"能"字的（即所谓"干才"）。他们能够调理国政，不使之陷于危难和明显的困境，可是若要把国家在力量、财富、国运上都增强提高，则他们断无此能力。现在我们不管做事的人怎么样，且谈事务的本身就是国家的真正伟大之处以及达到这种情形的方法。这是一个值得国王英主常常考虑的题目，为的是他们既可以不至于因为过于相信自己的力量而多事妄为，虚耗实力；又可以不至于因为过于鄙视自己的力量而屈尊以从怯懦畏蒽的计议也。

一个国家的疆土之大小是可以测量的，其财赋收入之多少是可以计算的。它的人口可由户口册卷而得见，城镇之多少及大小则可由图表而知之。然而在人事中没有比关于一国的力量的真正估计推断更易于错误的。基督把天国不比作任何巨大的果核或种子而比作一粒芥子，即是一种最小的种子，但是却有一种迅速发芽及长大的特性与精神。类此，有些国家的疆土很大，可是不能伸张国力或领导他国；又有些国家幅员很小，有如一种躯干微小的植物，却能为强大的帝国之基础。

坚城、武库、名马、战车、巨象、大炮，等等，不过是披着狮子皮的绵羊，除非人民的体质和精神是坚强好战的。不仅如此，若是民无勇气，则兵士数目之多少是无关紧要的，委吉尔所谓"一只狼从不介意有多少只羊"者即指此也。在阿比拉平原中的波斯军有如一片人海，竟使亚历山大军中的将领不免惊慌。因此，他们来到亚历山大面前，并建议在夜间进攻。但是他说："我不愿偷取胜利。"结果是容易地打败了敌人。阿米尼亚王蒂格拉奈斯率四十万大军驻于一座山头，当他看见那不过一万四千的罗马军向他进攻的时候，他就说笑话道："那些人若是使节则太多，若为战斗而来则太少了。"但是，那天的太阳落山之前，他已经发现这些人足够追逐他并大戮他的军队了。

关于数目不敌勇气的例子是很多的，因此，我们不妨断言：任何国家若要伟大，其主要之点，就在于要有一个善战的民族。"金钱是战争的筋肉"，这是句平常的老套，然而若是人民卑污淫靡，其两臂的筋肉无力，则金钱也不能算是战争的筋肉了。因为索伦对克瑞萨斯（当克瑞萨斯为了炫示他的富有起见把他的藏金给索伦看的时候）所说的话是说得很好的。"陛下，若是另一人前来，他的铁胜于陛下的铁，那么，他就要变成这些金子的主人了。"所以任何君王或国家，除非自己的国民组成的军队骁勇善战，最好不要对自己的力量估价过高。在另一方面，那些有强悍好战的臣民的君王则应当知道自己的力量——除非这些臣民在别的方面是有缺陷的。至于用金钱募集的客军（那就是自己的臣民不可靠的时候的助力），所有的先例都证明任何倚仗客军的政府或君主虽然可以得意一时，如鸟之张翼，然而不久将不免被铩羽也。

犹大和以萨迦的命运是永不会相合的，同一个民族或国家不会既是幼狮而又同负重的驴子一样，再者，一个困于租税的民族要变得骁勇好战，这也是不可能的。经国民同意而征收的租税比仅由掌权者片面征收的租税，减少的人勇气较少。荷兰的国税就是一个很明显的例子，在某种程度上，英国的特税也可算是一个例子。读者必须注意我们现在所论的是勇气的问题而不是钱包的问题。一样的赋税，不论是经国民同意与否，对于钱包的作用是同一的，但是对于人民的勇气，其作用可就不同了。因此，你可以断定，凡是困于租税的人民是不适于建立帝国的。

凡是志欲强大的国家应当小心，不可使国内的贵族和绅士阶级繁殖过快。因为这种情形将使平民变为农奴、村夫，使他们意志沮丧，实际上成为上流阶级的奴仆而已。这就好像你在丛林中可以见到的情形一样：假如你把小树留得过密，那么你就永不会有清清楚楚的丛林，而只能有矮树野薮。类此，在国家之内，如果上流阶级人数过多，则平民必将为减少，其结果将造成一百个头颅没有一个佩戴头盔的，尤其对于那为军队之神经系统的步兵为然，如此的国家将有很大的人口而很小的力量了。

我所谈的这一点，若要找个例子来证明它，那么，最好是把英国和法国比较一下：两国之中，虽然英国在疆土和人口方面都不及法国，然而和法国敌对起来，却居然是个敌手，这就因为英国的一般民众能成为优良的兵士，而法国的乡农则不能。在这一点上英王亨利第七的法度真是用意深远、值得钦佩的。他把田庄农舍都规划统一了。所谓规划统一者，就是依他的规定，凡是田庄农舍必须要受一定限度的田地的维持，这限度就是使那田庄农舍里的人能以生活富裕不至沦入贱役。他这种制度又使耕田的人就是田的主人而非仅仅是雇佣之徒。这样就可以达到委吉尔所形容的古意大利的性质了：一个兵强土肥而伟大的国家。

还有一种情形（这种情形据我所知几乎是英国特有的，除了或者在波兰以外，别处恐怕是遇不到的）也是不可忽略的：就是服侍贵族和绅士的都是自由人，而这些人在武事上毫不劣于中产的平民。贵族和上流人士的生活中那种种的荣华豪气、宾客之盛、礼仪之隆，一旦成为风习之后，的确都是很能引人到武事的提升上去的。反之，贵族与上流人士的生活若是吝啬隐秘，则将使国内的武力大为削弱。

无论用何种方法，务须使尼布甲尼撒梦中所见的王国的躯干强大到能够支持枝叶的程度。这句话的意思就是，皇帝或政府的本族臣民同他们统属治理的异族人民比起来，其多寡须有正当的比例。因此，所有那些使异族人容易入籍归化的国家都是适于成为帝国的。若以为小小的民族，因其智勇绝伦，竟足以征服并保有过大的国度，这种事短时间是可能的，但是这样的国度不久将会突然灭亡。斯巴达人对于入籍一事过于严密，因此，当他们守着自己的小小的国境的时候，他们的地位是很巩固的，但是到了他们国境扩张，枝叶变得为躯干所不能支持的时候，他们就突然覆亡，如风吹果落一样。在入籍这一点上，从来没有一国如罗马之易于容纳异族者。因此，罗马人的结局也因之而很好，因为他们成了世界上最伟大的帝国。罗马人的办法是不仅把国籍权（他们叫作市民权）给予愿入籍的人而且要把这种权益充分地给予他。也就是说，他们不但把交易权、婚娶权和继承权给予愿入籍的人，而且还把选举权和任官权给予这些人，并且这种的授权其受者不限于个人，一个家族也可以受这些权利，不但如此，一城的人，有时一国的人也可如此享受罗马公民的权利。

此外，再加上罗马人移民殖民的习惯，比喻将罗马这个植物就由本土而移植到异乡的土壤中了。把这两种制度加在一起，你尽可以说并不是罗马人发展到全世界去，而全世界发展到罗马来了，而这种情形确是大国之道。我曾对西班牙感觉惊异，就是地道的西班牙人如此之少，而他们为何能够占据并统辖这么大的属地呢？西班牙本国的疆土的确是一棵大树，较之罗马和斯巴达起初的时候，优胜得多了。并且，虽然他们没有容易准人入籍的惯例，可是他们有仅次于这个惯例的办法，就是，在他们的普通兵士组成的军队中所用的人是毫无本国人与异族分别的，不但如此，有时在他们的最高将领中也有异族人。又，就西王菲力普所颁的特诏看来，他们的本国人口不足的情形似乎是能强烈感觉到的。

坐着做的，户内的技艺，以及精密的制造（需用手指之巧而不需用臂力之强者）在本性中就与好战的心理不同，这是无疑的。一般言之，所有好战的民族都有点游荡，爱危险甚于爱劳作。如果我们要他们仍旧保持那种武勇的精神，那我们就不可过于禁锢或改变他们的好恶。因此，古代的斯巴达、雅典、罗马，以及其他的国家都蓄养奴隶，让他们担任那些劳作，这是他们那些国家的一个大便宜。但是蓄奴之制已因基督教的教律而被废除了。最和蓄奴制相近的办法就是把那些技艺大部分留给异族人去做（异族人为了这个缘故也易在所在国里容身），而把本国人中一般民众的大多数限于三种工作或职业——耕者，自由的仆役，从事强力健壮的工作的工匠，如铁匠、泥匠、木匠等等，正式的军人不算在内。

但是，最重要者，若欲国家强大，威权伸张，则一国之人务须把军事作为举国唯一的荣誉、学问和职业。因为我以上所说的那些事不过是军事的准备而已，但是若没有目的和行动，则准备又有何用？罗缪刺斯死后（这是人家传说或寓言的）给罗马人送来了一个忠告，教他们要最留心武事，如果他们这样做，罗马将成为世界上最大的帝国。

斯巴达的国家结构是全然（虽然不甚巧妙地）以武事为目的和准则而建造组织成的。波斯人与马其顿人在很短的一段时间内有过这样举国皆兵的情形。高尔人、日耳曼人、戈斯人、撒克逊人、诺曼人和其他的民族在某一时代也都有过这样的情形。土耳其人在如今还是这样的情形，虽然已经大为衰颓了。在欧洲的基督教国中，有这种情形的国家实际只有西班牙一国。但是无论何人，其所最得力者就是平日所最致力者，这个道理太明显了，不必多说，我们只有略加指点就行了：就是，不一心尚武的国家就不要希望会突然变得强大的。在相反的一方面，那些长期尚武的国家（如罗马人和土耳其人之所为）将成大业立奇功，这是历史的最可靠的教训。那些仅仅在某一时期曾经尚武的国家却也曾多半变得强大，而这种强大的情形，是到了后来他们对武事的崇尚与运用已经衰颓的时候，仍然为他们的支持物的。

同这一点相连的还有一点，就是一个国家最好有一些法律或风俗，这种法律和风俗要使他们有作战的正当理由（或至少有所借口）才好。因为人性之中自有一种天赋的公道，除非有一点争战的根据或理由（至少是勉强可以算作理由的话头），否则他们是不肯加入那凶险甚多的战事的。土耳其的君主为了作战，常以传播他的宗教为理由。这是一种很方便的，随时可以利用的理由。

罗马人在开疆拓土的事业已经成功之后，把这种事认为是统兵将帅的大荣耀，然而他们却从未把开拓疆土一事认为是起衅的好理由。因此，凡是志在强大的国家，第一，应当有这点性质，就是，对于别国的侮辱伤害，要敏感，无论这种侮辱伤害是加于边邻，或施于本国的商人或使节的，并且对别人的撩拨，不可纵容过久。第二，他们应当常常准备着对他们的邻国或同盟加以援助，如罗马人从来之所为一样。罗马人的办法是这样的，假如有一国与罗马之外的许多国家也曾缔结盟约互为保障，到了有敌国来犯的时候，就可向各国分头乞援，罗马人总是首先赴援，不让别的任何国家有这种荣誉。至于古人为了拥护一党一派或实质相同的政体而起的战争，我不懂那是有什么正当理由的。例如罗马人为了希腊的自由而战；斯巴达人和雅典人为了建立或倾覆民主政治和寡头政治而战；又如某一国的人，假借公道或人道的名义，来解除他一国中的专制与压迫，诸如此类者皆是也。总之，凡是不准备有正当理由就立即动兵的国家，不必希冀其强大也。

不论是个人的身体或国家的团体，如不运动则其体不强。而对于一个王国或共和国，一个有理由又光荣的战争乃是一种真实的运动，这是无疑的。内战有如患病发热，但是对外作战则有如运动发热，是可以保持身体健康的。因为在一种偷懒的和平中，民气将变得萎靡而民德将变得腐败。但是，不管幸福会怎么样，为了国家的强大起见，国民大部分常常从事武力准备是很有利的。一个常在行动中的，久经战阵的军队的力量（虽然这种力量是代价很高的），即正是使我在所有的邻国中能有发号施令之权（或者至少能有这种名誉）的工具。西班牙就是一个很明显的例子，西班牙在欧洲各处差不多长期驻有精兵，已经约有120年之久了。

一个国家若能成为海上的主人就等于已成了一个帝国。西塞罗致书阿蒂苦斯论庞拜对恺撒的军事准备时说道："庞拜所遵循的是一种真正的塞密斯陶立克斯式的策略，他以为那掌握海权的人，就是掌握一切的人。"无疑地，如果庞拜不因一时自大轻敌而舍舟从陆，他一定会使恺撒疲于奔命的。海战的重大影响是我们看得见的。埃克兴之战决定了罗马帝国之谁属，勒盘陶之战制止了土耳其人的强横。海战为全部战争之最后决战者其例甚多。这种情形固然是君主或国家们把一切都凭海战来决定的结果，然而有一点是确定的，那就是握有海上霸权的一方是很自由的，在战争上它是可多可少，一随己意的。在相反的一方面，那些陆军最强的国家却往往感受极大的困难。无疑地，在今日，我们欧洲的诸国中，海上的势力（这种势力是大不列颠的主要的天赋优点之一）是一种很大的长处：一则因为欧洲的各国，大多数不是纯粹内陆的，而是国境的大部分临着海的；再则因为东西印度的财富的大部分似乎是唯有握着海上霸权的人才能得着的。

与古代的战争所给予人的光辉荣耀相比之下，近代的战争简直是在黑暗中打的。为鼓励士气起见，现在也有些爵位、勋章等等，然而这些东西是杂乱地颁发，不分军人或非军人的。此外，也许还有些铭语、伤兵病院，诸如此类的东西。但是在古时，那在战胜地点树立的纪念品、追悼的颂辞以及纪念阵亡将士的牌坊、奖给个人的花冠、大元帅的名义（就是后来的各国君主所借用的）、凯旋将帅的胜利游行、兵队复员时的重大犒赏，都是能引起人的勇气的事物。但是，最重要者，莫过于罗马人的凯旋式，这种凯旋式并不仅是仪式或夸耀，而是一种极其聪明伟大的制度。因为它里面包含三种事情：在将帅方面是尊荣，在国库方面是由战利品而增进了财富，在军队方面是赏赐。

不过那种尊荣也许是不适于君主国的，除非把它归之于君主本人或他的子嗣们，如后来的罗马皇帝们之所为一样，他们把自己或子嗣曾经亲自参加的战役的凯旋式由自己或子嗣包办了，而在臣子得来的胜仗中，则仅对统兵将帅予以庆功的衣服和勋章。

总之，如《圣书》所说，谁也不能因为用了心思的缘故而对这个小结构——人体——加高一寸，但是在大结构如王国或共和国中，则为君主者或执政者可以使他们的国家强大的。因为如果他们肯把我们上面论及的法令、宪章、习俗试行国内，则他们是可以给后世或继位者种下强大之因的。然而这些事普遍不受人注意，一任其自己随时运而晦明焉。

❓感悟·思考

1.作者认为"一个国家的疆土之大小是可以测量的，其财赋收入之多少是可以计算的。它的人口可由户口册卷而得见，城镇之多少及大小则可由图表而知之"，那么，什么是不可以精确计算的呢？

2.通过阅读全文，你知道培根所说的邦国的真正伟大之处是指哪一方面吗？从文中找出相对应的语句，并用横线画出来。

论保健 [精读]

名师导读

　　健康长寿一直是人们共同的心愿，但要达到这个目的，必须有正确的保健养生方法。而如今的保健养生的广告五花八门、琳琅满目，让人无从下手。看看培根是怎么谈论保健养生之道的吧。

名师点评

写作借鉴

　　开篇点题，总领全文。

我的点评

_____

_____

_____

_____

_____

　　医术之外有保健养生的诀窍，通过自己的观察发现什么东西有益与什么东西有害——这是保健的最好药方。不过，"这不很适合我，因此，我不继续用它"，这结论比下面的结论更安全，"我没有发现这东西有害，因此，我可以用它。"青年时血气方刚，身强力壮，在许多方面精力"超支"，到老年需要"还债"。密切注意年岁的增加，不要仍然做同样的事情，因为年龄不饶人。不要突然对饮食做重大的改变，如果非这样不可，那就要让其他方面与之适应。

　　因为在自然与社会中的一条秘诀是：改变多物比改变一物安全。检查你的饮食、睡眠、运动等诸如此类的习惯，并且将你认为是有害的任何方面一点一点地改掉它。但你如果因为改变习惯而感到不适，你可以回到原来的习惯，因为难以将一般说来是好的和健康的习惯跟具体情况下是好的、适合你本人身体的习惯区别开。

　　吃饭、睡觉、运动时心情舒畅愉快，是长寿的秘诀

之一。至于情感与思想，要避免妒忌、焦急、惊慌、生
闷气、钻牛角尖、大喜大悲等情绪。心里要充满希望，
愉快而不狂欢，快乐多却不过度；还要有好奇心，有创
新精神，通过学习历史、寓言、自然科学等让头脑充满
美好的事物。

　　如果你因为健康而从未用过药，那么当你需要药
时，它对你的身体就显得陌生。如果你有用药的习惯，
当疾病来了，药就起不到非常好的作用了。我主张宁可
根据季节选择某种饮食疗法，而不要频繁用药，除非用
药成为习惯。因为这些饮食疗法可以改善身体而产生较
少副作用。不要忽视你身体的新毛病，要求医问药。

　　生病时，健康最重要；健康时，活动最重要。因为
健康时锻炼身体的人生小病时大都仅仅用饮食与休养就
能治好。塞尔萨斯如果不是一个聪明的医生，他就绝对
说不出下面一段长寿妙方：一个人要交替使用两个不同
的极端，但需要偏重其中较好的一端。"禁食"与"饱
食"都要练，但偏重"饱食"；熬夜与睡眠都要有，但
偏重睡眠；静坐与运动都要做，但偏重运动；诸如此类
等等。这样就可以保护本性，还不仅学到功夫。

　　至于医生，他们有些迁就与讨好患者的脾气，以致
不能坚持对疾病的正确治疗；另一些医生治疗中死守医
术规则，以致不充分尊重病人。要请中间性格的医生，
如果一个人没有这种性格，那就请两个极端性格结合的
医生，也不要忘记请那些最了解你病情、专业上最有名
的医生。

阅读提示

　　在这里让我们看到一个健康的身体对于药物是毫无依赖性的，健康的身体对药物是免疫的。

阅读提示

　　塞尔萨斯的妙方其实就是保持健康身体的所在，也即是本性的体现，人们遵从这个本性就能健康些、长寿些。反之则不然。

❗ 品读·理解

　　保健养生的方法有几百条，但作者认为"通过自己的观察发现什么东西有益与什么东西有害"是最重要的一条，除此之外，心胸开阔、心里愉快、不忧郁、不生气，才不容易生病。而生病在用药上，作者认为应该尽量采用食疗而不是药物。

❓ 感悟·思考

　　1.中医将保健的理论称为"养生之道"，将养生的方法称为"养生之术"。读了全文，你觉得本文是在讲哪一方面，又或者是两方面都在论述呢？

　　2.保健这个话题，是一个年轻和时尚的话题，同学们也会经常讨论，你还知道哪些保健养生的知识呢？

论猜疑

名师导读

　　看过《三国演义》的人都知道，如果用一个词来形容曹操的性格，那就是——多疑。曹操奸诈并且疑心很重，因此，人们称他为奸雄。当年曹操欲刺杀董卓的阴谋暴露后畏罪潜逃，途中得到陈宫的帮助在吕伯奢家借宿一夜。吕伯奢热情地杀猪款待曹操，但曹操听到磨刀声，以为吕伯奢要杀他，便不分青红皂白地将吕一家八口杀害。事后，才知错杀，但为时已晚……这就是猜疑的危害。猜疑之心恐怕人人都会有，那么，我们应该怎样对待它呢？

　　心思中的猜疑有如鸟中的蝙蝠，它们永远是在黄昏里飞的。猜疑确是应当制止，或者至少也应当节制的，因为这种心理使人精神迷惘，疏远朋友，而且也扰乱事务，使之不能顺利有恒。猜疑使为君者易行虐政，为夫者易生妒心，有智谋者寡断而抑郁。猜疑不是一种心病，而是一种脑疾，因为即使天性极为勇健的人也会生猜疑的思想的，例如英王亨利第七，世间再没有比他再多疑的人，也没有比他更勇健的人了。像他这样的气质，猜疑是十分有害的，因为有这种气质的人对于种种的猜疑多半不会贸然接受，而一定要先考察考察其是否可能。但是天性多畏的人则猜疑之滋长太快。使人成为猜疑者，无非是自己所知甚少，因此人们应当设法多知道事情以释疑，而不应当想制止疑念也。

　　人们究何所求？难道他们以为他们所用和所交的人都是圣人吗？难道他们以为这些人不会为自己打算，并且不是忠于己胜的人吗？因此，为调剂疑念，最好的办法是把所疑者姑且认为真而同时又严加节制，一如这些疑念是完全不真似的。因为一个人应当预先防范，如果所疑是真，则自己不受其害，疑念之利用应限于此。自己心理上所生的疑念不过是蜜蜂之嗡嗡而已，但是别人的报告，有意助长或产生的猜疑则是有毒刺的。无疑地，在猜疑之林中，最好的清道方法就是开诚布公地与所疑的一方相见，如此，关于对方你一定可以知道得比以前多，而同时又可使对方留意以免使人更有猜疑的地方。但是这种办法对于性格卑污的人是不可行的，因为，这样的人，如果发现他们有一次受疑，则将永远作伪也。意大利人有言："疑心解除忠实的责任。"这好像疑心给了忠心一张护照许它离去似的，实则疑心更应当燃起忠心之火以自祛嫌疑。

❓ 感悟·思考

1.本文开头的句子在表达方式上有什么特点？表达了作者怎样的思想感情？

2.通过阅读全文，对于猜疑这个麻烦的问题，我们似乎透过迷雾看到了一缕缕清新的阳光。如果别人猜疑你，你会怎么办？如果你怀疑别人，你又会采取什么样的方法来解决呢？

论称誉

名师导读

　　人们需要称赞，就像人们需要食物一样。有了夸赞，就有了拼搏的动力；没有称赞，人们就会变得脆弱。真诚的称赞是使人内心保持坚强的燃料，它使人快乐。但也有不真诚的称赞，那便是恭维。你能分辨清楚它们吗？

　　称誉是才德的反映。它像镜子或其他映影的东西一样。如果它是从俗人来的，那它就多半是虚假而无价值的，并且是随着妄人而不随有德之士的。因为流俗之人是不懂得许多出类拔萃的美德的。最低级的才德能赢得他们的称誉；中等的才德能在他们心里引起惊讶或艳羡；但是对于最上等的才德他们就没有识别的能力了。唯有表面上的表现和假冒的才德才是最受他们欢迎的。

　　名誉的确好像一条河，能载轻浮中空之物而淹没沉重坚实之物。但是假如有地位和有见识的人同声称誉某人，则就有如《圣经》所谓"美名有如香膏"了。它的香气播满四周而且不易消逝。大概是由于香膏的香气比花卉的香气耐久。

　　可以恭维人的原因太多了，所以一个人怀疑人家的称誉也是有理由的。有一种称誉只是出自谄谀，要是说话的人是一个普通的谄谀者，那么他就会有几种普通的套话，对于谁都可以用的。要是他是一个奸猾的谄谀者，那么他就会模仿"谄谀者之王"——那就是一个人的自我。一个人自以为最长于某事，或最富于某种美德，那奸猾的谄谀者就会在这些地方竭力赞成他的，但是假如他是一个大胆的谄谀者，他就会找出一个人自己感觉最缺陷的地方，自己深以为耻的地方，而坚持地说他在这些地方很有长处，"藐视他的自觉"。

有些称誉是出自善意与尊敬心的，这种称誉是我们对于帝王或大人物们应有的礼仪之一，这就是"以称誉为教训"。就是对某些人说他们是如何如何的时候，实际就是告诉他们应当如何如何。

有些人受称誉其实是被人恶意中伤，为的是好引起别人对他们的嫉妒心，"最恶的仇敌就是那些恭维你的仇敌"，所以希腊人有句成语："被人恶意恭维的人鼻子上要长小疮"就好像我们的成语所谓"说谎的人舌头上要长水泡"一样。中肯的称誉，用之合宜，而且不俗的，确是能有好处的。所罗门说："清晨起来，大声称赞朋友，就等于是诅咒那个朋友。"把人或事过于夸大，必要激起反对，得到嫉妒与轻蔑。

至于一个人自夸自赞，除了在很少见的情形之中，是不合理的；但如果是自己称扬自己的官职或职业，则可以漂亮地并且带点豪气而为之。

罗马的教主们都是些神学家、宗派僧、经学家，他们对于文官事务有一句藐视轻蔑的话，因为他们把一切战争、外交、司法及其他的世事都叫做"斯比来累"，这句话的意思就是"副州吏之事"，好像所有这些事情都是副州吏和管家一类的人办的事一样，虽然州吏一类的人所做的好事常常比他们高深的研讨的好处还多一点。圣保罗在自夸的时候，常常加上一句："我说句狂话"，但是在说到他的职务的时候，他就说："我要荣耀我的职分。"

❓ 感悟·思考

1.文章第一自然段在论述上有什么特色？用你自己的话简要地说一说。

2.作者认为有些称誉是一些出自谄谀之心的人的恭维，而不是真正的称誉，说说他这样分析的原因是什么？

论虚荣

🎵 名师导读 🎵

　　虚荣心，相信每个人都会有，大家也都深有体会。虚荣在本质上是将自己与一定的参照群体对比后而形成的心理劣势感，也就是自卑心理。它的表现主要是过度或很极端地追求掩盖这种劣势，或者试图进一步表现为强势。虚荣这个词自然是有些贬义的。但有虚荣心并不全是坏事，虚荣在许多时候是一个人追求、进取、行动、探索的动力，驱使他离开自己原来的境遇而向前或向上移动。培根对此阐述得更加明确。

　　"苍蝇坐在战车的轮轴上说道，我扬起了多少尘土啊！"伊索氏这个寓言说得实在巧妙。类此，有些个妄人，无论任何事情，或是事情自动，或由大力者推动，只要与他们有一点关系，他们就以为这些事情是完全依仗着他们的力量。好夸之人一定是好争的，因为一切的夸耀都是靠比较的。这种人也必然是过分的，因为如此才可以支持自己种种的夸耀。他们又不能守秘密，所以他们是没有什么实际上的用处的；反之，他们是和法国的一句成语所说的一样——"声音很大，结果很小"。

　　然而在政事中这一种品性也是确有其用的。每逢人们需要造成一种大才或大德的名声的时候，这些人就是很好的吹鼓手。再者，如里维关于安提奥喀斯和哀陶立安人之事的话，"对双方的谎言有时是有很大效果的"。例如，一个人在两位君王之间交涉，想引他们联合起来向第三者作战，他就对两方面都言过其实地夸大对方的兵力。又如在两个私人之间交涉的人，他对双方都夸大他在对方的影响，结果是把他自己的声望提高了。所以在上述的以及此类的事件中，往往会由无物之中竟生有物，大概是谎言足以引起意见，而意见能引起实行的原因吧。

在将帅与军人方面，虚荣心是一种不可缺的品质，因为如同一块铁由别的铁而磨得锐利一样，由于夸耀，人们的勇气就互相磨利了。在冒着资财或身体之危险的大事业中加入一种天性好夸的人可以使事务更有活力，而那些天性厚重庄肃的人则有似压舱物而不类风帆。在学问的名声方面，若没有一些夸耀的羽毛，则这种名声的飞腾是很慢的。"写《虚荣之轻视》一书的人也不反对叫自己的名字出现于题页上。"苏格拉底、亚里士多德、盖伦，都是富于夸耀性的人。

虚荣心确是使一个人留名的一种助力，而才德受于人性的酬劳，其直接受于人类的好德之心者绝没有受之于自己的才德、努力者为多也。西塞罗、塞奈喀、小普利尼的名声若不是与这些人本身的某种虚荣心连在一起的话，也不会经久如新的。这种虚荣心就如同天花板上的一层油漆一样，它使得那天花板不但发亮而且能够持久。但是说了这么久，我用"虚荣"这个字眼儿

的时候，却并不是指泰西塔斯说缪西阿努斯有的那种品质，所谓"他有一种能够漂亮地炫耀他的一切言行的本领"，因为这种品质并非是出自虚荣心的，而是出自天生的豪气和见识的，并且这种品质在有些人不但漂亮而且是优美高尚的。

谦逊、退让与节制得宜的自谦，都不过是炫耀之术也。在这些炫耀之术中，没有比小普利尼所说的那一种更好的了，那就是在你自己所擅长的某方面，如果别人也有一点长处，应当毫不吝惜地多多地赞誉称扬那人。因为普利尼说得很巧妙："在称扬别人的时候你其实是替自己做好事；因为你所称扬的那人在那一方面若不是比你还强就是不如你。如果他是不如你，那么他既然值得称扬，你自然更加值得称扬了；如果他是胜过你的，那么假如他不值得称扬的话，你就更不值得称扬了。"好炫耀的人是明哲之士所轻视的、愚蠢之人所艳羡的、谄佞之徒所奉承的，同时他们也是自己所夸耀的言语的奴隶。

❓ 感悟·思考

1.文章开头引用《伊索寓言》中苍蝇的故事，在论述上有什么作用和意义？作者引此是为了说明一个怎样的观点？

2."在将帅与军人方面，虚荣心乃是一种不可缺的性质"，作者在这里尤其强调了在将帅与军人方面虚荣心的重要性，为什么呢？

论荣华与名誉

🌸 名师导读 🌸

　　英国著名物理学家、化学家法拉第曾经说："我不能说我不珍重这些荣誉，并且承认它很有价值，不过，我从来不为追求这些荣誉而工作。"这位享誉世界的科学家在七十六岁时逝世，死后留下遗嘱：他的墓前只许立一块最普通的墓碑。作者培根对待荣华和名誉的态度则与此不大相同，它们的区别在哪里呢？

　　荣誉之获得在于把一个人所有的才德和身价真实地显露出来。因为，有些人在他们的行为中力求光荣与名誉，这种人虽然通常很受人的谈论，但是很少有人是在内心中羡慕他们的。

　　有些人，与上述的这一流人是相反的，他们掩藏自己的才德，使之不外露，因此，他们在一般人的意见中是被估价过低的。假如一个人能做成一件人家未尝试过的事，或者是一件经人尝试过而被放弃了的事，或者是别人也做成过而未曾做得如此完善的事，如此他就可以比仅仅追随别人之后而做成了一件更难或更高的事的人得到更多的荣誉。假如一个人把他的所作所为调和得使其中总有一件可以取悦于各党各派的，那么赞美他的歌声就更宏大了。假如一个人担任一件事，而这件事如果成了的时候他所得的名誉远不如败了的时候他所得的耻辱大的话，那么，这个人就是个不善于爱惜自己荣誉的人。由比较而得来的（就是显出我优人劣的）那种荣誉是最明显的，就如同切成多少面的钻石一样。所以，一个人应当竭力与那和他争名的人争胜，务必在可能范围以内，用那人自己的弓而射得比那人还要远。谨慎有识的从者与仆役是大有助于名誉的。"一切的名声都是来自一个人的家中人的。"嫉妒心是荣誉的害虫。要想消灭嫉妒心，最好的方法是表明自己的目的是在求事成功而不求名声，并以自己的成功归之于天佑和幸运而不归之于一己的才德或权术。

人君的荣誉之真正等级如下：第一流的君王应数那些开国之君，如罗缪剌斯、萨拉斯、恺撒、奥陶曼、依斯迈耳皆是。第二流的就是立法创制之君，这一类的君王也叫做万世之君，因为他们逝世后仍能以他们所立的法度治国，这一流的帝王例如里可尔嘎斯、索伦、加斯提尼安、埃德瓦、"聪明的"喀斯提王阿尔芳撒斯（就是那立"七法"的）皆是。第三就是"解难之君"或"救国之君"，如解决内战之长期困苦，或从异族或暴君的束缚下把国家救出来的君王，例如奥古斯塔斯大帝、外斯帕显、奥瑞利安努斯、西奥道瑞库斯、英王亨利第七、法王亨利第四皆是。第四就是"扩疆拓土之君"或"保国之君"，如以光荣的战争扩张疆土或以光荣的自卫战抵御侵略者的君主皆是。最末应数那些"国父"，就是那些治国有道，致他们所处的时代于太平的人君。这后两种都不需要例子，因为像这样的君主是很多的。

臣民的荣誉应分级如下：第一是"为主分忧之臣"，就是那些主上倚之以负重举大事的人们，就是我们所谓的"人君的右手"者皆是；其次就是"统兵大将"，即伟大的军人领袖，例如人君的辅佐，与在军事上有大功者皆是；第三就是"亲幸之臣"，如能得君心而不扰民的人们皆是；第四就是"能臣"，就是居高位而能尽职、能办大事的人们。还有一种荣誉，可列于最高等的荣誉之中，但是不常见，就是为国捐躯或冒大危险的人们，例如马喀斯·瑞古拉斯和戴西亚斯父子皆是。

❓ 感悟·思考

1.文章列举了很多种得到夸奖和荣誉的情形，作者认为这些人才是真正有才德的人。你能用自己的话分别说一说这些都是什么情况吗？

2.作者认为人君和臣民的荣誉都应该分成几个级别？对作者的分法你赞同吗？为什么？

论时机 [精读]

名师导读

肖邦因为抓住了时机成为了著名的钢琴家；魏敏芝因为抓住了时机成为了很多人梦寐以求的"谋女郎"；拿破仑也曾因为抓住了时机才显露出自己卓越的军事才能，后来成为伟大的军事家……那么，我们该怎样抓住时机展现我们那精彩的一面呢？

名师点评

阅读提示

时机好比女士的头发，这里生动形象地写出了时机消逝速度之快，提醒我们要适时地抓住时机，不要错过机会。

写作借鉴

通过对比描述，让读者明白在决定之前和决定之后要怎么做。

时运就像价格市场，说变就变，又如西比拉的预言书，它的真正价值难以估量。

时机女神鬼魅怪异，她对人的赐予往往稍纵即逝。如果你没有抓住她那飘逸的头发，再次追寻就只能触及其光光的头了。

所以说，能够把握时局的人是命运的智者。我们应该知道，有时危险看起来无足轻重，实则却并非那么简单；而有时危险本身又远没有人们想象的那么可怕。我们应了解，对危险与困难，勇敢面对，对其迎头痛击要比远远地躲避，以防其近身的做法更值得推崇。

因为被动的备战状态总会让人精神懈怠，错失良机。然而，另一方面，也要防止因为情绪紧张而将敌人假想得过于强大。过早出击，结果同样会适得其反，给敌人造成更好的反抗机会。

总之，把握时机过犹不及。我们既不能草率行事，也不可消极怠慢。在开始做决定之前要像百眼之神阿耳格斯一样警觉敏锐，明察秋毫；而在决定之后更要像百臂之神布里亚勒斯一样全速出击，雷厉风行。地神普路托那顶隐身盔甲正象征着政治家策划之缜密与行动之果断。成大事者一旦采取行动，最佳的隐秘方式就是速战速决，就像出膛的子弹猝不及防，又如迅雷不及掩耳之势，等到他人发现事情真相，那早已成为一个成功的案例了。

名师点评

我的点评

我的点评

❗ 品读·理解

　　人生总是充满了偶然，所以抓住机遇是成功的一个很重要的因素。要想有所作为，一定要善于审时度势，看清事情发展的趋势，有良好的洞察力感知机遇的产生。机遇往往是突然地或不知不觉地出现的，有时甚至永远不为人所知。抓住机遇应该随时做好准备，一旦机遇出现就要全力以赴，不要机遇来的时候临时抱佛脚，也不要机遇来临时消极懈怠，错失机会。总之，要权衡得失，趋利避害，多谋善断，抓住机遇。

❓ 感悟·思考

　　时机也许是人成功最重要的因素，也许一次机会就已足够。那么，准确恰当地抓住时机就显得非常重要了。作者认为时机来临时应该怎样做？

论辞令

名师导读

　　一个人如果既没有擅长辞令的才能，也没有缄口不言的判断力，那可将是一件很可悲的事。那些以为永远都说得不够的人，常常会流于多言而必定是言多必失。只有那些说得少又说得好的人，才被称为是懂得说话艺术的人。你想成为这样的人吗？

　　有些人在他们的谈论中喜欢以反复善辩称为有才，却不甚注意以能辨真伪而称为有识，好像知道应当说什么而不知道应当如何思想是一件可称赞的事情似的。有些人善于谈论某种平常习见的题目，可是缺乏变化，这种贫乏大半令人生厌，而一旦被人发现，则是可笑的。辞令中最可贵的是引起他人话头的话，以及能节制自己的言语并转移到别的题目上去的那种话。如果能这样，那么这说话的人就可算是舞蹈的领袖了。在言谈之中，最好是有所变化。

　　在当前的所谈之中参以辩驳，在叙事中夹以议论，发问中杂以抒发己见，诙谐中和以庄语，因为一个人若是总在谈论一个题目，如今语所谓"鞭策过度"，则将使人厌倦。至于诙谐的话，则有几种题目，应当避免，是不可涉及的，如宗教、国事、要人、任何人目前的要务，以及任何值得怜悯的事情皆是。然而有些人却一定要锋利辛辣，伤人之心，以为不如此则他们的机智是迟钝了。这是一种应当制止的脾气：童子，少使刺棒，多拉缰绳，就是说的这个。

　　一般言之，人们应当辨别出来咸与苦之间的不同。那喜欢讽刺，使别人怕他语锋的人，将不能不因此而怕那人的记忆，这是一定的。多问的人将多闻，而且多得人的欢心，尤其是如果他能使他的问题适合于被问者的长技的时候为然。因为这样他就可以使他们乐于说话，而他自己则可以继续地得到知识。

但是他的问题却不可烦琐惹厌，因为那就成了审问者的问题了。一个人还应当注意，务使他人有说话的机会。不但如此，如果有人要霸占一切说话的时间，就应当设法把这种人移开而使别的人开言，就好像乐师们看见有人跳"欢乐舞"跳得过久的时候的所为一样。假如别人认为你知道的事情而你假装不知的话，则以后你所真不知道的事情，人家也会以为你是知道的。关于自己的话应该少说，而且应当谨慎择言。我认得一个人，当他说及他所

看不起某人的时候，常说："他一定是个智者，因为他关于自己有那么多的话说。"

一个人称扬自己而不显丑态的唯一时候，就在他称扬别人长处的时候，尤其是在所说的长处是与他自己可说是有的那种长处一类的时候。伤及他人的话应当少说，因为谈论应当像一片广田，人可以在里面东西行走，而不应当像一条大道，直达某家的门口。我知道有两位贵族，都是英国西部的人。其中的一位喜欢菲薄他人，但是在家中宴客的时候却总是肴馔极丰的；另外的一位常常问那些曾经与宴的人，"老实告诉我，在他的席上没人受他的嘲弄或玩笑吗？"对这个问题那做过客的人就答道："有某事在席上发生了。"于是这位贵族就说："我早就料到他一定会把一桌好筵席弄坏的。"

慎言胜于雄辩，用适当的话向我们与之交涉的人谈话是比我们言辞优美、条理井然还要紧的。一个人若会说一篇滔滔不绝的言辞，而不善于问答，则显得他的说话迟滞；若善于应答而不能作持久而有始终的言辞，则显得其人的言语浅薄无力。这就如我们在动物界所见的一样，最不善走者却最敏于转身，如猎犬与野兔间之分别就是。在说到正题以前叙述许许多多的枝节话是可厌的，若全然不顾枝节，则就又太率直了。

❓ 感悟·思考

1.文章开头便分析了几种所谓擅长辞令的现象（不是真正的擅长辞令），分别是什么情况？然后话锋一转，作者认为最可贵的是什么？用你自己的话来回答。

2.作者在文中一直强调"慎言"，"慎言"可以说是作者重点论述的一个观点，那么"慎言"有哪些意义和作用呢？

论殖民地

名师导读

狭义上的殖民地，是指由宗主国统治，没有政治、经济、军事和外交方面的独立权利，完全受宗主国控制的地区。培根笔下的"殖民地"是怎样的呢？

殖民地的建设是古昔的、初民的、英雄的工作之一。当世界还年少的时候，殖民地生了许多的子女，但是世界现在老了，所生的子女也就少了，因此我不妨说新的殖民地乃是旧有的国家的子女。我以为一个殖民地最好是在一片处女地上，那就是说，在那个地方殖起民来，无须因为要培植新者而拔除旧者。否则不算是殖民，倒成了灭民了。培植一个新国家有如造林：必须先打算好预备折本二十年，到末了再获利。大多数的殖民地之所以毁灭，其主要的原因是在殖民事业之初年的卑污而且欲速取利。当然，如果迅速的利润能与殖民地的利益相符，那自然是不可忽视的，但应以此为限，不可多求。

把本国人中的废物败类，以及作奸犯科之徒搜集起来作为移植新土的人民乃是一件可耻而不祥的事。不但如此，这种办法还会破坏殖民地的，因为这些人将永远过其败类的生活，不务正业而游惰作乱，消耗食粮，并且很快地就生厌倦，于是就会给故土写信败坏殖民地的名誉。用作移民的人民应当是园丁、耕者、工人、铁匠、木匠、细木匠、渔夫、猎鸟者，以及少数的药剂师、外科医生、厨师、面包师。在欲殖民的国土中，第一先要各处考察，看那个地方天然野生的有何食物，如栗子、胡桃、波罗蜜、橄榄、枣、李子、樱桃、野蜂蜜之类，并且利用这些东西。

然后再看那个地方有什么食物可以迅速生长，在一年以内可以成熟的，

考点大全
培根随笔

知识点考点　全方位梳理

最新考试真题　精选汇编

一线专家预测押题　考点题型精准分析

目　录

培根随笔

考点知识点积累

阅读指导

《培根随笔》是弗兰西斯·培根的随笔，作为一名学识渊博而且通晓人情世故的哲学家和思想家，培根对他谈及的各个领域的问题都有发人深省的独到之见，并以富含哲理的语言表达出来。阅读这本名著，我们应把握以下几点：

一、随笔从侧面展现了一个立体化的培根

《培根随笔》萃取了作者一生著述的精华，内容包括培根对人与自己、人与社会、人与他人以及人与自然等各方面关系的看法。从"论真理"、"论死亡"等篇章中，可以看到一个热衷于哲学的培根。从"论权位"、"论野心"等篇章中，可以看到一个热衷于政治、深谙官场动作的培根……也为我们进一步走近培

根，了解真实的培根提供了可靠资料。

二、语言简洁凝练，生动形象，含义隽永

培根的散文，时而洋洋洒洒，时而十分简约，潇洒飘逸，有大将风度，口吻十分自信、认真。论断分明，又不失诗人奔驰的想象。它的随笔，篇幅不长，文笔优美，说理透彻，警句迭出，表达准确清楚、条理分明，加上他擅长写出饱含人生的经验和智慧的名言警句，蕴含着培根一生的思想精华，形成了培根散文的独特风格，使其能经久不衰。

三、以写日记或是读后感的形式，说说自己得到的启发

每一篇文章都是培根对待一个问题独到的见解和看法，所以，读完每一篇文章，要动笔写写日记或读后感，总结自己阅读之后的收获和启迪，这样可以更好地梳理自己的思路，加深对文章的理解，可以任选一个角度来写。

内容精要

《培根随笔》一开始只有10篇，到最后整理到现在一般认为共有58篇，也有38篇一说。作者将他对社会的认识和思考，以及对人生的理解，浓缩成许多富有哲理的名言警句，读来如清泉一

般涤荡心扉。《培根随笔》分为《论读书》《论美》《论真理》《论健康》《论家庭》《论友谊》等多篇。以议论性质的短文为主，主要讲述培根在不同的角度看待事物的态度和想法，从字里行间透露出培根的人生态度和处事方式。它涉及的内容很广泛，包括政治、经济、宗教、爱情、婚姻、友谊、艺术、教育、伦理等许多方面，其中《论读书》《论真理》《论死亡》《论嫉妒》和《论美》等名篇是培根文学方面的代表作。

从《论真理》《论死亡》《论人的天性》等篇章中，可以看到一个热爱哲学的培根；从《论高官》《论王权》《论野心》等篇章中，可以看到一个热衷于政治，深谙官场运作的培根；从《论爱情》《论友情》《论婚姻与独身》等篇章中，可以看到一个富有生活情趣的培根；从《论逆境》《论幸运》《论残疾》等篇章中，可以看到一个自强不息的培根；从《论作伪与掩饰》《论言谈》等篇章中，可以看到一个工于心计、老于世故的培根。

作者简介

弗兰西斯·培根（1561—1626）是英国哲学家和科学家。他竭力倡导"读史使人明智，读诗使人聪慧，演算使人精密，哲理使人深刻，论理学使人有修养，逻辑修辞使人善辩"。他推崇科学、发展科学的进步思想和崇尚知识的进步口号，一直推动着社会的进步。这位一生追求真理的思想家，被马克思称为"英国唯物主义和整个现代实验科学的真正始祖"。他在逻辑学、美学、教育学方面也提出许多思想，著有《新工具》《论说随笔文集》等。后者收入58篇随笔，从各个角度论述广泛的人生问题，精妙、有哲理，拥有很多读者。培根提出了"知识就是力量"的著名论断，至今影响我们一代又一代人的生活。

艺术特色

一、独特的体裁

英国本土原来没有随笔这一体裁，但由于培根写随笔的示范，这一写作形式开始在英国植根，后来写随笔的名家辈出，因此随笔成为英国文学中有特色的体裁之一。随笔能充分自由地表达出作者的内心世界，直率清晰地展示作者的精神境界，机动灵活地彰显作者的个性才情。从某种意义上说，随笔就是作者真挚地向读者袒露自己的灵魂。它真实地反映了自我对事物的认识和评价，表现自己的所思所想，它拒绝矫揉造作，摒弃虚情假意，反对刻意为文，它提倡真实再现、真切反映、真诚表达、真率为文、意到笔随、言尽而止、率真自如、不拘一格。

二、简练、内涵深刻的语言

全书文笔言简意赅、智睿夺目，它包含许多洞察秋毫的经验之谈，其中不仅探讨许多人生哲理而且论及政治。全书中，最引人注目的就是那些智慧名言。这些名言一直流传至今，例如"面对幸运所需要的美德是节制，面对逆境所需要的美德是坚韧"，这些看似平淡无奇的句子，精辟而富有哲理，但对我们的将来起决定性作用。文章风格平易流畅，每一句话都有一定的针对性，的确是一位通晓人情心理的渊博之士的谆谆告诫。为了增加可读性，使文风更亲切，文章还注意灵活地穿插比喻、排比、类比、拟人等修辞手法，比如："天生才干犹如自然花草，读书然后知如何修剪嫁接"，"读史使人明智，读诗使人灵秀，数学使人周密"……这些富有诗意的简短的语言具有感染人、鼓舞人的神奇力量，这是作者的亲身经历和作者发自内心的召唤本身所具有的能量。从审美角度来看，本书表现出了别具一格的哲理美。

三、知识延伸

随笔是一种自由灵活、篇幅短小的散文文体。随笔的突出特点是不拘一格，随意而谈，只要言之有物，言之有理，即可纵横恣肆、挥洒自如。当然，放开笔头不等于信马由缰。作者在写作随笔时，总是如实道来，避免矫揉造作与人为的拔高，它注意联系实际，促进人们心灵的交流，因此，优秀的随笔，总那么可亲可信，就像是与读者拉家常。

随笔虽然属于散文，但与叙事散文、抒情散文相比，写人、叙事并不那么细致、形象，多是粗线条的叙写和概括交代，同时也没有那么强烈的感情色彩，更不强求创造某种意境；在布局谋篇上也不像一般散文那么讲究。随笔不管写什么内容，总要谈到自己的感受和认识，发表个人的见解，因此随笔要用第一人称。唯其如此，读随笔时，总有一种特殊的亲切感。

随笔由于是随意而谈，有话则长，无话则短，所以它的题材比一般散文更加广泛。现实生活的见闻，以往事件的漫忆，所思所想的道理，作家作品的漫评，以及古今中外，天南海北，工作学习，旅游见闻，史话传说，掌故轶闻等，无不能作为随笔的材料，作者就是在这似乎是信手拈来的材料中谈自己的感悟。当然，这些材料也必须是有意义的、能给人以教育和启迪的东西。

随笔一般采用夹叙夹议的方法，语言朴实无华。

好词好句

好词积累：

不足为惧	虚惊一场	矫揉造作
深藏未露	光辉灿烂	延年益寿
软弱可欺	言辞审慎	暗自悲伤
晶莹透亮	朝气蓬勃	举手投足
念念不忘	拒之门外	无忧无虑

好句回顾：

1.煤的燃烧同样是壮丽的。在漫长的岁月里，默默的忍受着屈辱，理想之光一刻也不曾泯灭，最终，它实现了自我的夙愿，成为熔炉里熊熊燃烧的一团烈火！

2.人生充满竞争。人生其实就是在踢一场足球，那白色的球门便是一种永恒的诱惑，只要你一息尚存，就务必去争抢，去冲撞，去射门，

3.信念，是理想和意志的融合，是精神和品格的交汇；信念，是成功事业的台阶，是战胜艰难的力量；信念，是人生的精华，幸福的源泉。

4.阿基米得没有死，燃烧的生命是不朽的。

5.持续自我力争上游的天性，出力出汗甚至付出血的代价，也要去实现目标，这便是强者的骄傲。

6.顺境的美德是节制，逆境的美德是坚韧，后一种是较为伟大的德性。

7.有经验的老人执事令人放心，而青年人的干劲则鼓舞人心。如果说，老人的经验是可贵的，那么青年人的纯真则是崇高的。

8.人生没有停靠站，自我本身永远是一个出发点。无论何地何时，只要创造就会有收获；只有不息的奋进，才能证明生命的存在。

9.人活一生，昂首是顶天立地的壮汉，低眉垂首匍匐不是健康人生；无高瞻远瞩之气概，只有平庸凡俗之念想，不免愧对人生；昂首直腰，与天比高，星月皎洁，引为同道，此乃亮丽人

生。

10.生命是一种燃烧，人生因燃烧而壮丽。但愿自我的生命已被烈火点燃。

11.狡猾是一种阴险邪恶的聪明。

12.信念的魅力在于即使遇到险运，亦能召唤你鼓起生活的勇气。

13.有的知识只须浅尝，有的知识只要粗知，只有少数专门知识需要深入钻研，仔细揣摩。因此，有的书只要读其中一部分，有的书只须知其中梗概即可，而对于少数好书，则要精读细读，反复地读。有的书能够请人代读，然后看他的笔记摘要就行了。但这只限于质量粗劣的书。否则一本书将像已被蒸馏过的水，变得淡而无味了！

14.历史使人贤明，诗歌使人高雅，数学使人高尚，自然哲学使人深沉，道德使人稳重，而伦理学和修辞学则使人善于争论。

15.昂首是天，天似画廊。但见云蒸霞蔚，虹彩霓光如花似锦，婀娜馨香，晨旦玛瑙，午夜碧玉，珍珠粒粒，钻石颗颗，璀璨晶莹，光彩夺目。

16.生命之于人只有一次。

17.金钱好比肥料，如不撒入田中，本身并无用处。

18.金钱是品德的行李，是走向美德的一大障碍；因财富之于品德，正如军队与辎重一样，没有它不行，有了它又妨碍前进，有时甚至正因照顾它反而丧失了胜利。

19.人生没有免费的午餐。

20.由智慧所养成的习惯能成为第二本性。

21.只要那些"见不得人的竞争"还没有从我们的生活里绝迹，只要平庸比才华有时更容易让人赏识，只要人世间还产生着庸俗和谄媚，那么，这个世界上，人们对百米赛跑的欢呼，就绝不仅仅是一种陶醉，而是一种渴望和期盼！不好只喜欢看着别人去竞争，而自我却不敢去和别人竞争；不好只喜欢与比自我弱的对手竞争，而不愿与比自我强的对手竞争。

22.信念是割不断，催不垮的。信念只因心灵的枯朽而消失。信念的火种一旦熄灭，燃烧的生命也就停止。

23.如果你思考两遍以后再说，那你说得必须比原来好一倍。

24.金钱是好的仆人，却是不好的主人。

25.求知能够改善人的天性，而实验又能够改善知识本身。人的天性犹如野生的花草，求知学习好比修剪移栽。实习尝试则可检验修正知识本身的真伪。

26.天资之改善须靠读书，而学识之完美须靠实践。因天生资质犹如自然花木，需要用学识对其加以修剪，而书中所示往往漫无边际，务必用经验和阅历界定其经纬。

27.信念的力量在于即使身处逆境，亦能帮忙你鼓起前进的风帆。

28.弱者只能让人怜悯感叹。乐趣和生活资料会变得既渺小又苍白，理想也只能牢牢地困在梦乡而无缘面世，软弱是自私和胆小的兄弟。

29.幸运的时机好比市场上的交易，只要你稍有延误，它就将掉价了。

30.人，是地球上唯一能仰望浩瀚星空发出由衷赞叹的生灵，因此能产生思想产生灵感并有所追求。人可站立，可行走，可飞腾，不为时刻空间以及物质世界所束缚。

31.无论你怎样地表示愤怒，都不好做出任何无法挽回的事来。

32.当你孤独寂寞时，阅读能够消遣。当你高谈阔论时，知识能够装饰。当你处世行事时，正确运用知识意味着力量。懂得事物因果的人是幸福的。有实际经验的人虽能够办理个别性的事务，但若要综观整体，运筹全局，却惟有掌握知识方能办到。

33.美的至高无上的部分，无法以彩笔描出来。

34.画家梵高为何苦苦地画着向日葵？他是在描述燃烧的生命！他的灵魂有一轮常燃不息的太阳；他的生命在燃烧着，他的作用也在燃烧着。

35.懂得激流勇进者，便懂得断然退出；懂得如何减少损失者，便懂得及时改变方向。从这个好处上讲，一个人具备了决定风险的潜质，也就具备了竞争的潜质。

36.你满足于小溪边流连的惬意，也就是满足了自我的平庸；你欣赏到了山峰突兀的险峻，也就有机会欣赏到自我的卓绝。

37.重复言说多半是一种时刻上的损失。

38.有人说，凄凉是诗，悲壮是歌——在生命的现实中，你要经得起挫折。

39.虚伪的人为智者所轻蔑，愚者所叹服，阿谀者所崇拜，而为自我的虚荣所奴役。

40.青年长于创造而短于思考，长于猛干而短于讨论，长于革新而短于持重。

41.严厉生畏，但是粗暴生恨，即使公事上的谴责，也应当庄重而不应当侮辱嘲弄。

42.最快乐的事莫过于无拘无束。

43.明智者创造的机会比他发现的要多。

44.人们以为他们的理性支配言语，偏偏有时言语反而支配理性。

45.美貌倘若生于一个品德高尚的人身上，当然是很光彩的；品行不端的人在它面前，便要自惭形秽，远自遁避了。

46.那磕头碰脑的，总会碰上或大或小的麻烦，意志与头颅一并低垂，既不能自信，又不能信人。

47.许多人喜欢把信念当作人生的太阳前进的动力。信念，是一种强大的内在的精神寄托，是托起人生大厦的支柱。有的人身躯可能先天不足或后天病残，但他却成为生活的强者，创造出常人难以创造的奇迹，这靠的就是信念。对一个有志者来说，信念是立身的法宝和期望的长河。

48.资料丰富的言辞就像闪闪发光的珠子。真正的聪明睿智却是言辞简短的。

49.无德之人常嫉妒他人之有德。

50.好的运气令人美慕，而战胜厄运则更令人惊叹。

51.做什么事都过分留意的人，永远也成不了大器；遇上事便犹豫不决的人，在人生中会错失许多机会。但竞争决不是单纯地比谁的胆子大，孤注一掷的赌徒从来也成不了英雄。

52.生命绝不止是绿叶簇拥红花的闪耀，更多的是在经济杂草中远征的苦涩。

53.求知能够作为消遣，能够作为装饰，也能够增长才干。

54.勇于进取是一种魄力，勇于应对失败也是一种魄力；聪明的人懂得在失败后归纳教训再干，愚蠢的人则在永远的不干中牢牢守住自我永远的失败。

读后感

人类的思想

——读《培根随笔》有感

一本好书，可以使人增长很多知识。当我读完《培根随笔》时，深受启发。我觉得他把人类的思想说得太深刻了。首先，我们拿嫉妒来说吧："无德者必会嫉妒有德之人，而嫉妒者往往是自己没有优点，又看不到别人的优点，因此，他只能用败坏别人幸福的办法来安慰自己。"其实，在日常生活中，这种情况常有发生。我也遇到过这种问题。考试成绩公布了："小红第一，小明第二……"听着老师的话，我的心里像有十万只兔子在跳动。扑通、扑通……"哎！又是小红第一。"顿时，我向她投去了"嫉妒"的目光。看她那一脸欣喜若狂的表情，我的牙痒痒的。我该怎么办才好呢？明智者肯定会更加努力地学习，超越对手；而愚蠢者则会采用各种手段去陷害他人，来安慰自己。而我就做了一次"愚蠢者"：从此，只要一见她在默默地看书或者专心致志地做作业，我就去打扰她，与她闲聊，让她没有时间看书、做作业。就这样，又一次考试成绩出来了，小红仍然名列前茅，而我却一落千丈。后来，我静下心来仔细想想，这才发现我是多么的愚蠢，我在打扰别人的同时，也浪费了自己的时间。从那以后，我发奋学习，再也不想什么歪点子，成绩果然提高了。

接下来，我们就来谈谈善良吧！俗语说，善有善报，恶有恶报。善良，是人类的一切精神和道德品格中最伟大的一种，因为上帝本身就是"善良"的。在我们高塍有一位家喻户晓的老人——姜达敖。由于他经常做一些善事，所以人们称之为"爱心老人"。每逢佳节，"爱心老人"就会带着礼品和资金去看望那些孤寡老人。向他们问寒问暖，就像他们的亲人一样。他送去的并不是不起眼的礼品，而是人世间最最珍贵的亲情。关心完了孤寡老人，"爱心老人"会不会就此罢休呢？不，决不会。他那颗菩萨心仍然在燃烧着——拯救失学儿童、帮助贫困学生。从此，"爱心老人"的事迹广为流传。我从他身上看到了一颗善良的心，它将永远影响着我们每一个人。

《培根随笔》虽然只是一本普通的书，但里面却蕴涵着许许多多深刻的人生哲理，需要你去打开它，慢慢地细嚼，慢慢地品味。人世间的疑惑是那么多，该怎么办呢？莫愁，莫愁，待你看完这本书，一切的疑惑都会迎刃而解。

各地真题　考点汇编

1.下列有关名著的说明，不正确的一项是（　　　）（四川省成都市）

A.《名人传》最突出的地方就是，多侧面地去表现传主们在身体上和精神上遭受的磨难，他们对无限苦难的不懈抗争，以及在抗争中爆发出来的生命激情。

B.在《水浒传》中，绰号为"智多星"的人是吴用，也被称为"赛诸葛"。他与一伙好汉在"黄冈泥上巧施功"，干的一件大事是智取生辰纲。

C.《培根随笔》为英国十七世纪著名思想家弗兰西斯·培根所著。本书分为《论求知》《论美》《论善》《论真理》《论健康》《论家庭》《论友谊》等多篇随笔。

D.《朝花夕拾》共十篇。这十篇散文（《狗·猫·鼠》《阿长和山海经》《二十四孝图 》《五猖会》《无常》《从百草园到三味书屋》《父亲的病》《故乡》《藤野先生》《范爱农》），是鲁迅回忆童年、少年和青年时期不同生活经历与体验的文字。

2.阅读下面内容，完成后面各题（四川省宜宾市）。

读书使人充实，讨论使人机智，作文使人准确。因此不常作文者须记忆特强，不常讨论者须天资聪颖，不常读书者须欺世有术，始能无知而显有知。读史使人明智，读诗使人灵秀，数学使人周密，科学使人深刻，伦理学使人庄重，逻辑修辞之学使人善辩；凡有所学，皆成性格。

（1）以上内容选自英国哲学家、作家＿＿＿＿＿＿的＿＿＿＿＿＿＿。

（2）请用上文画线部分所用修辞手法对下面画波浪线的句子进行仿写。

书是人类知识的宝库，书是人类精神的殿堂。在书里我们认识多彩的世界，＿＿＿＿＿＿＿＿＿＿，＿＿＿＿＿＿＿＿。每一次读书，我们都心存感动；每一次读书，我们的灵魂都得到一次净化。

3.名著阅读（江苏省南京市）。

培根在《谈读书》一文中说，"读书足以怡情，足以博彩，足以长才。其怡情也，最见于独处幽居之时；其傅彩也，最见于高谈阔论之中；其长才也，最见于处世判事之际。"请从课标规定阅读的名著中选一部为例，谈谈对这话的理解。

示例：读书可以长才。如《培根随笔》中的《论美》着重论述人应该怎样对待外在美和内在美的问题。读后，我明白了：世界上没有一个人是十全十美的，所以，不要抱怨自己外在的缺陷，只有内在的美才是永恒的美；形体之美要胜于颜色之美，优雅行为之美又胜于形体之美。

读书可以＿＿＿＿＿＿＿，如名著《＿＿＿＿＿＿》

＿＿＿＿＿＿＿＿＿＿＿＿＿＿＿＿＿＿＿＿＿＿＿＿＿＿＿＿＿

＿＿＿＿＿＿＿＿＿＿＿＿＿＿＿＿＿＿＿＿＿＿＿＿＿＿＿＿＿

＿＿＿＿＿＿＿＿＿＿＿＿＿＿＿＿＿＿＿＿＿＿＿＿＿＿＿＿＿

4.判断题（四川省）。

"知识就是力量"是英国思想家培根遐迩传扬的名言，他被马克思称为"英国唯物主义和整个现代实验科学的真正始祖"，是莎士比亚的同时代人，最重要的成就是他在思想和哲学领域内的建树。（　　　）

5.判断题（四川省）。

培根被马克思称为"英国唯物主义和整个现代实验科学的真正始祖"，最重要的成就是他在思想和科学领域内的建树，其随笔富于透彻的说理，隽永的警句。（　　　）

6.名著知识填空（山东省临沂市）。

我国古典名著中塑造了众多经纶满腹、智慧过人的艺术形象。一直被人们视为智慧化身的诸葛亮，其"_____"等世人耳熟能详的故事无不闪耀着知识与智慧的光芒；《_____》中的"_____"（绰号）吴用等，梁山运机巧，水泊展谋略，识广才高，魅力四射。其实，他们的聪颖与智慧离不开丰富的阅历，更离不开广博的学识。这正应了英国著名思想家培根的至理名言：_____。

7.阅读下列文段，按要求答题（湖北省黄冈市）。

有一技之长者鄙读书，无知者羡读书，唯明智之士用读书，用书之智不在书中，而在书外，全凭观察得之。读书时不可存心诘难作者，不可尽信书上所言，亦不可寻章摘句，而应推敲细思……读史使人明智，读诗使人__A__，数学使人__B__，科学使人__C__，伦理学使人__D__，逻辑修辞之学使人善辨；__E__（培根《谈读书》）

（1）请从下列选项中给文中A、B、C、D处选填合适的词

语。（只选序号）

选项：①周密　②庄重　③灵秀　④深刻

我会选：A._____　B._____　C._____　D._____

（2）请根据语境给文中E处选填合适的语句。（　　）（只选序号）

A.凡有所学，定成性格。

B.凡有所学，皆成性格。

C.凡有所学，能不成性格。

D.凡有所学，皆成性格哉。

8.名著阅读（四川省成都市）。

英国哲学家培根说："读书足以怡情，足以博彩，足以长才。"阅读名著，加强思考，便是一种提高自己语文能力和人文素养的有效途径。阅读名著，交流体会，也是一种快乐的分享。请从下面所提供的名著中选出一部，按要求完成后面的题目。

《鲁滨逊漂流记》　《钢铁是怎样炼成的》　《三国演义》《西游记》　《爱的教育》　《家》　《水浒》　《草房子》《尘埃落定》

所选的名著：_____

请从你所选出的名著中，选出一个你喜欢的人物，概括这个人物的一个故事，并结合人物的性格特点对这一人物形象作简要点评。

（1）人物姓名及故事：_____

（2）对人物的点评：_____

专家命题 模拟演练

一、填空题

1. 《培根随笔》为_____十七世纪著名_____，_____和经验主义哲学家_____所著。

2. 本书分为：_____、_____、_____、_____、_____、_____等多篇随笔。

3. _____是培根的主要哲学著作之一，首次发表于1620年。

4. 从《培根随笔》的"论真理"、"论死亡"、"论人的天性"等篇章中，可以看到一个_____的培根。

5. 从《培根随笔集》"论高官"、"论王权"、"论野心"等篇章中，可以看到一个_____的培根。

6. 从《培根随笔》"论爱情"、"论友情"、"论婚姻与独身"等篇章中，可以看到一个_____的培根。

7. 从《培根随笔》"论逆境"、"论幸运"、"论残疾"等篇章中，可以看到一个_____的培根。

8. 从《培根随笔》"论作伪与掩饰"、"论言谈"等篇章中，可以看到一个_____的培根。

9. 《培根随笔》在《论求知》中，培根说道："人的天性犹如野生的花草，求知学习好比修剪移栽。"可见_____，在我们的一生中是相当重要的。

10. 《培根随笔》在《论友谊》中，培根说道："如果你把快乐告诉一个朋友，你将得到两个快乐；而如果你把忧愁向一个朋友倾吐，你将被分掉一半忧愁。"这说明了_____。

11.《培根随笔》在《论猜疑》中，培根说道："当你产生了猜疑时，你最好还是有所警惕，但又不要表露于外。这样，当这种猜疑有道理时，你已经预先作了准备而不爱其害。当这种猜测疑无道理时，你又可避免因此而误会了好人。可见_____。

12. 培根的主要建树在哲学方面。他自称"以天下全部学问为己任"，企图"将全部科学、技术和人类的一切知识全面重建"，并为此计划写一套大书，总名_____，虽然只完成1、2两部分，但已造成重大影响。

13.《培根随笔》体裁以及类型：哲学散文随笔集，_____

14.《培根随笔》主要内容：涉及____、_____、_____等，其中多数与个人省会密切相关，比较集中地表达了作者的"____"。

15.《培根随笔》中《谈美》：这是一篇_____的文章，作者主要阐述了"美德比美貌更重要"的道理。短文笔墨不多，但却十分精彩，说理透彻，且语言优美。他在培根的随笔中颇有代表性，集中体现了培根善于用诗话的语言阐述精辟的哲理的特点。

16.《培根随笔》中《论拖延》：这是培根谈论_____的哲学小论文。作者用举例子、作比喻的论证方法，告诉我们要善于当机立断、迅速行动，不要拖延时间而延误机会。文章论述层次清晰，表达手法多样，语言简洁有力、形象生动，体现了培根论说文的又一特点。

17.《培根随笔》中《谈读书》：这是培根谈论_____的一篇议论文。作者在文章中明确指出："读书足以悦情，足以傅彩，足以长才。"并指出："读史使人明智，读诗使人灵秀，数学使人周密，科学使人深刻，论理学使人庄重，逻辑修辞之学使人善辩；凡有所学，皆成性格。"

18.《培根随笔》共有_____篇

二、选择题

1.《培根随笔》的作者是（　　）。

A.列夫·托尔斯泰　　　　　　　　B.雨果

C.弗兰西斯·培根

2.作者是什么国家的人（　　）。

A.英国　　　　　　B.俄国　　　　　　C.美国

3.《培根随笔》的体裁及类型是（　　）。

A.哲学散文随笔集　　　　　　　　B.杂文集

C.诗歌集

4.《培根随笔》主要涉及（　　）。

A.哲学　　　　　　B.伦理

C.处世之道　　　　D.爱情

5.培根的主要建树在（　　）方面。

A.哲学　　　　　　B.艺术　　　　　　C.经济学

6.培根在《论美》中认为，美德与美貌，（　　）更重要。

A.美德　　　　　　B.美貌

7.培根认为，（　　）的知识都需要深入钻研。

己一个人。

　　谈话时切不可出口伤人。我有两位贵族朋友，其中一位豪爽好客，就是喜欢骂人。于是另一位便经常这样许多询问那些参加过他家宴会的人，"请说实话，这次席上难道没有人挨骂吗？"等客人谈完，这位贵族就微笑着说："我早猜到他那嘴，能使一切好菜改变味道。"关于谈话的艺术还应当了解：温和的语言其力量胜过雄辩。不善答问者是笨拙的，但没有原则的诡辩却是轻浮的。讲话绕弯子太多令人厌烦，但过于直截了当又会显得唐突。能掌握此分寸的人，才算精通了谈话的艺术。

　　　　　　　　　　　　　　　（选自《培根随笔》有删改）

1.请用简明的语言概括本文的中心论点。

_____

_____

2.作者认为与人交谈应注意避免哪些错误？请写出5点。

_____

_____

3.请你写一个生活中的事例作出文中划线句子表达的观点的论据。

_____

_____

参考答案

各地真题　考点汇编

1.D

2.（1）培根；《谈读书》（《随笔》、《培根随笔》）

（2）参考示例：在书里我们感受喜怒哀乐，在书里我们触摸历罗沧桑。

3.读书可以傅彩、长才。如《培根随笔》以其简洁的语言、优美的文笔、透彻的说理、迭出的警句，在世界文学史上占据了非常重要的地位；不少人的性格曾受到这本书的熏陶。

4.√

5.×

6.舌战群儒；水浒（水浒传）；智多星；知识就是力量。

7.（1）A.③　B.①　C.④　D.②

（2）B

8.答案略

专家命题　模拟演练

一、填空题

1.英国　思想家　政治家　弗兰西斯·培根

2.《论求知》，《论美》，《论善》，《论真理》，《论健

康》，《论家庭》，《论友谊》

3.《新工具》

4. 热爱哲学

5 热衷于政治，深谙官场运作

6. 富有生活情趣

7. 自强不息

8. 工于心计、老于世故

9 求知可以改变人的命运

10. 朋友是我们身边必不可少的一个角色)，可以为我们的生活增添色彩

11. 在人生中猜疑，是人的思想在做乱.

12《伟大的复兴》

13. 也可以称为"论文集"

14 中学、伦理、处世之道 人生哲学

15. 论美

16. "时机"于"拖延"

17. 读书的作用

18. 58

二、选择题

1. C　　2.A　　3.A　　4.ABC　　5.A

6.A　　7. A　　8.A　　9.A　　10.B

11.A　　12. B　　13.C　　14.C　　15.A

16.A　　17. A　　18.B　　19.C　　20.C

21.B　　22.A　　23.A　　24.C　　25.B　　26.A

三、简答题

1."美德比美貌更重要"的道理。短文笔墨不多，但却十分精彩，说理透彻，且语言优美。他在培根的随笔中颇有代表性，集中体现了培根善于用诗话的语言阐述精辟的哲理的特点。

2.这是培根谈论（"时机"于"拖延"）的哲学小论文。作者用举例子、作比喻的论证方法，告诉我们要善于当机立断、迅速行动，不要拖延时间而延误机会。文章论述层次清晰，表达手法多样，语言简洁有力、形象生动。

3.涉及伦理、处世之道等，其中多数与个人都会密切相关，比较集中地表达了作者的"人生哲学"

4.培根的散文结构严谨，论证合理，语言形象生动；常常采用以小见大的手法，论说通俗易懂。对我们写作议论文有一定的启发

5.答案（略）

6.答案（略）

四、阅读题

1.与人交谈要讲究艺术。

2.（1）说的是陈词滥调，意态却盛气凌人，

（2）拿宗教、政治、伟人及别人的苦恼加以取笑。

（3）询问叫成盘问，使被问者难堪。

（4）自吹自擂

（5）出口伤人

（6）讲话太绕弯子

（7）讲话太直接

（8）独占谈局

（9）无原则的诡辩

3..示例1：央视著名主持人毕福剑在一个朋友饭局中拿毛泽东及其政治开玩笑，视频流出后引发广泛争议而被停职（1分）。

示例2：新加坡一名16岁少年因在网上发布新加坡建国总理李光耀去世的虚假消息而被捕并被判入狱1年。

示例3：法国《查理周刊》因刊载讽刺伊斯兰教先知穆罕默德的漫画，2015年1月遭极难分子袭击，12名包括主编在内的工作人员遇难

示例4：掌别人的残疾来取笑，会招来众怒和抨击。

如防风草、胡萝卜、芜菁、洋葱、莱菔、菊芋、玉蜀黍等等皆是。至于小麦、大麦、燕麦，它们需要的劳力太多，但是你却不妨先种点豌豆、大豆，一则因为它们所需的劳力较少，再则因为它们既可以制面包，也可以当菜吃。类此，稻米的收获是很大的，并且它也是一种菜。尤要者，应当在殖民之始带多量的饼干、燕麦粉、面粉等等到殖民地去，直到能得到面包为止。至于家畜、家禽之类，主要应当带那些不易生病且繁殖最迅速的去，如猪、山羊、雄鸡、雌鸡、火鸡、鹅、家鸽以及这一类的生物。

殖民地的食物之消耗，应当和一个被围的城市一样，就是说，每人应有规定的消耗量。那作为园圃或麦田的土地，其最大的部分应当为输入公仓之用，所收的农产物应当先储藏在这些公仓里，然后按固定的数量分配，此外，还应当有些田地，可以让任何私人为自己耕种。同样，也应当留心殖民地的土壤适于出产何种物品，好让这些物品可以在某方面稍为减轻殖民地的担负（只要如以上所说，不因为时机未熟的缘故而为害于首要的事业就行了），如委吉尼亚的烟叶是也。在许多地方森林是只会多而不会少的，因此，木材也可算是上述的物产之一。

如果有铁矿的矿苗，并且还有河流，可以令人在河边上设起磨来的话，那么在森林多的地方，铁就是一种可贵的产物了。在气候适宜的地方，煮盐是应当试办的。

类此，乞麻之属，如果有之，也是一种可贵的物品。在富有松杉的地方，沥青和焦油是不会缺乏的。同样，药材、香木这一类的东西，只要出得多，一定是可获大利的。可用作肥皂的碱灰，以及其他可以发现的物品，也都是可以借之得利的。但是不可过于注重矿产，因为关于矿产的希望是很不可靠的，而且常使移民在别的方面变得懒惰。

至于统治之事，最好使一人掌权，而由若干议事官辅佐之，并且最好让他们有施行有限度的戒严法令之权。尤要者，让人们受益于居于荒野的心理，而心目中永远保持着敬上帝和为上帝服务的观念。殖民地的政府不可依靠过多的居留在母国的议事官和司长、委员之流，这些人的人数应该适中才好，而且这些人顶好是贵族、绅士，而不是商人，因为商人总是重目前之利的。

直至殖民地根深蒂固以前，最好不要以关税来束缚它，不但要不受关税的束缚，还要使殖民地的人有把他们的物产运到可以获利最丰的地方去的自由——除非是有特殊理由应当防止这种情形。不要太快地一批又一批地送移民到殖民地去，以致有人满之患的危险。反之，应该留意殖民地的人口之减少而按比例补充之，但是务必要使殖民地的人可以安居乐业，而不可使他们因为人数过多而陷于贫乏。

有些殖民地，因为建筑在海滨河岸，沮洳不良之地的缘故，其居民的健康曾大受危害。因此，虽然在起初你无妨在上述的那种地方建筑，以避运输上及其他的不便，但是此后为长久之计，应当往河岸之上的高处建筑，而不可沿河建筑。

殖民地的人还应当存储足够的食盐以便于必要时腌藏食物，毋使腐烂，这也是与他们的健康有关的。如果你在有野蛮人的地方殖民，不要仅仅以不值钱的零碎物件或玩具得他们的欢心，应当以公道与恩惠待他们，而同时妥为防备；也不可帮助他们攻袭他们的敌人以取悦于他们，唯在他们受敌人攻击的时候帮他们自卫，那是不错的。此外，还应当常常在他们之中选派若干送到殖民的本国去观光，好让他们可以看见比他们自己更好的生活情形，并且在回来的时候称扬这种情形。

殖民地的力量增强之后，就可以不但移植男子，妇女也可以去了，这样那殖民地就可以世代繁衍下去而不至于永远由外面补充了。在一个殖民地已经有进展的时候而弃绝之乃是世界上最大的罪恶，因为这不仅是一种耻辱，简直是一种残杀了许多可怜人的杀人罪。

❓ 感悟·思考

1.本文关于殖民的论述从对殖民地的统治和管理、殖民地的食品供应、殖民地的地理位置等方面都有详尽的阐述，作者的观点分别是什么？用自己的话简要地概括一下。

2.细读第二自然段，作者不赞同对殖民地采取的措施有哪些？从中你可以看出培根是一个怎样的人？

论财富 ［精读］

名师导读

　　俗话说："君子爱财，取之有道。"这是老祖先留给我们的宝贵遗产和忠告，它告诫后人取财必须要靠自己的辛勤劳动和汗水，用现在比较时髦的话来说，就是要遵纪守法、符合道德伦理常纲。对待财富你又是怎样看的？

　　对于财富我叫不出更好的名字来，只能把它叫作"德能的行李"。罗马话里的字眼更好——impedimenta（障碍物、辎重、行李）。因为财富之于德能正如辎重之于军队。辎重是不可无，也不可抛弃于后的，但是它阻碍行军，并且，有时候因为顾虑辎重而失却或扰乱胜利。巨大的财富并没有什么真实的用处，它只有一种用处，就是施众，其余的全不过是幻想而已。所以所罗门说："大富之所在，必有许多人消耗之，而它的主人除了能用眼睛看它以外，还有什么享受呢？"一个人的财富达到了某种限度之后，便为个人的享受所不能及，他可以储藏这种财富，他可以分配并赠送它，或者因此而出名。但是对于他本人，这些财富是没有实在的用处的。不见世人对于小小的石头或稀有之物予以多大的虚价吗？又不见世人担任多少虚荣的工作，为的好让巨大的财富似乎有用吗？但是你也许会说，这种财富可以买通关节，使人出于危险或困难。如所罗门说的："在富

名师点评

阅读提示

　　用辎重对军队的影响来比喻财富对美德的影响，形象鲜明、贴切。

我的点评

名师点评

阅读提示

在此作者提出
对待财富的观点，
对今天的我们仍有
指导意义，教育我
们要正确地对待财
富，其他偏颇的观
点都是不可行的。

写作借鉴

采用对比的写
作手法，展现出普
卢塔斯对球皮特和
普鲁特的态度，让
读者对人物关系
有了一个深入的
了解。

人的想象中，财富有如一座坚城。"这话说得极妙，因为这在想象中是如此，在事实上则未必然也。因为"多财"所卖之人的确是多于买活的人。不要追求炫耀的财富，仅寻求你可以用正当手段得来、庄重地使用、愉快地施与、安然地遗留的那种财富。然而也不要有一种遁世的或乞僧式的对财富的轻视。应当善于分别，如西塞罗关于拉比立斯波斯图穆斯之言："他对财富的追求，显得他所求的并不是为满足贪婪，而是要得到一种为善的工具。"还应当听从所罗门之言，不可急于敛财致富，"欲急速致富者将不免于不义"。

诗人们的寓言说，当普卢塔斯为球皮特所派遣的时候，他步履蹒跚，行走迟缓；但是当普鲁特派遣他的时候，他就跑得很快。这个寓言的意思就是，用善良的方法和正当的工作得来的财富是来得很慢的，但是由别人的死亡而来的财富则是骤然落在身上的。但是若把普鲁特当做魔鬼，这个寓言也用得上。因为当财富是从魔鬼那里来的时候，他们是来得很快的。致富之术很多，而其中大多数是卑污的。吝啬是其中最好的一种，然而也不能算纯洁无罪，因为吝啬的手段使人不肯施舍救贫。发展地中的产物是最自然的致富术，因为这些产物是我们大家的母亲——大地的赏赐，但是用这种方法发财却是很慢的。然而若是有钱的人肯屈就农牧矿产之事，则其财富的倍增是非常厉害的。我从前认得一位英国的贵族，他的钱财是当时的人中最多的。他是一位大草原主人、大牧场主人、大森林主人、大煤矿主人、大铅矿主人、大铁矿主人和许多其他类似的产物的主人。因为这个缘故，土地之于这位贵族简直就如一片大海，因为它给他的进款是源源而来，永不枯竭的。有人说，他自己致小富的时候很难，致大富的时候很容易。这话是真的，因为一个人如果已经富有到可以坐待市场好转，并且做成常人无钱办理的交易，又能与年轻一点的人的事业合作的时候，他的财富是非大增不可的。

由普通的各种生意和职业得来的财富是诚实的，其增加的主要原因有二：一是勤勉，二是在交易上正直公平的好名誉。那用奸诈的手腕做成的生意其所获的利益却是比较可疑的：如乘人之急需而抬高价格；贿赂某人的仆役和亲信；用诡计使别的较为公道的商人无从与之接近，而你得以与之做成生意，诸如此类等等，都是奸诈卑劣的。至于那靠论价、购买贱货，而目的不在自己保有这种货物，却在重售于他人的事情，乃是榨取现在的售者与以后的购者双方的。合股的生意，如果所托的人选择得当，是很能致富的。

放高利债乃是获利的最可靠的方法之一，虽然它是最坏的方法之一，因为这种方法，可以说是使放债的人借他人的汗流满面而果自己之腹的。不但如此，这种人并且是在安息日耕田的。然而放高利债虽是很靠得住的致富术，这种方法也不无缺陷。因为介绍人和中人之流常常为了自己的利益会替信用不佳的人夸其财富的。在某种发明或特权上占有优先权，这种幸运有时能使人奇富，如加那利群岛之第一个糖业家便是。

因此，如果一个人能做真正的伦理学家，就是既有发明之才，又有判断之能力，他是可以成大富的，尤其是在好的时代为然。专靠固定收入的人是不容易致富的，把一切财产都搁在经济上冒险的人往往会倾家荡产

阅读提示

作者的这句话，在高科技迅速发展的今天，显示出了巨大的威力。专利和独家承售已成为致富的重要手段。

写作借鉴

通过比喻的修辞手法，把家业比喻为鸟饵，贴切、恰当地说明了家业给子嗣所带来的益处。

的。因此，最好能有以某种固定的收入为冒险事业的防卫，以便如有损失，可有相当的支持。

专利与独家承售某货之事如果没有束缚，是很好的致富之术，尤其是做这种事的人若能知道某种货物将要有广大的需求因而预为购存的时候为然。由服务而得来的财富，虽然来路最为高尚，然而这种财富假如是由阿谀逢迎以及其他的奴婢行为而得来的，则可算是一种最卑劣的财富了。至于图谋遗嘱及遗产监理权之事，则较上述之事更为卑劣，因为在这种情形里，人们所卑躬屈膝以奉承的人乃是卑贱之流，不如在服务中所奉承的人乃是王公贵人也。

不要相信那些表面上蔑视财富的人，他们蔑视财富的缘故是因为他们对财富绝望，若是他们有了财的时候，再没有比这般人爱财的了。不要爱惜小钱，钱财是有翅膀的，有时它自己会飞去，有时你必须放它出去飞，好招引更多的钱财来。人们通常把钱财或留给亲属，或留给公家，在两方面都以适中的数目为收效最好。

给子嗣留一份大家业而如果他于年龄和识见上都不坚固的话，则这份家业无异于一种鸟饵，是诱致一切的鸷鸟使之环聚于你的子嗣之旁以图捕噬的东西。类此，为虚荣而赠与的捐款、基金等，有如没有盐的祭品，并且不过是"施与"之粉刷过的坟墓，不久就会从内部腐败起来的。因此，不要以数量作为你的赠与的标准，而应当使之适度。再者，也不可把捐款于慈善事业的事情延迟到死后，因为，假如把这件事认真地考虑一下，则可以看得出这样做的人实是慷他人之慨，所花的乃是别人的钱而不是自己的钱也。

❗ 品读·理解

　　文章开宗明义——"对于财富我叫不出更好的名字来，只能把它叫作'德能的行李'。"作者对财富或金钱也是比较折中的看法：钱不能没有，但多了没有用，反而有害。对于财富的用途，作者强调要取之有道，用之正当，乐于施舍，才能留下安心。

❓ 感悟·思考

　　1.第一自然段中的"如所罗门说的：'在富人的想象中，财富有如一座坚城。'"这句话，在表达方式上有什么特色？它强调了作者怎样的观点？

　　2."由普通的各种生意和职业得来的财富是诚实的"正如俗话所说的"君子爱财，取之有道"，同时，作者在文中又否定了哪几种比较卑劣的现象呢？

论预言

《圣经》精确地预言了以色列复国。以色列总理本古理安在1948年5月14日下午正式宣布:"……基于民族及历史上的权利,以及联合国的决议,特此宣布犹太人的国家在巴勒斯坦正式成立,国名为以色列。"这段充满激情的讲话,使全世界包括居住在巴勒斯坦的65万犹太人兴奋不已。这是20世纪最大的神迹,它准确地应验了《圣经》的预言,肯定了《圣经》的权威和神的真实。然而并非所有的预言都会变成现实。

此处所欲论说者既不是神灵的启示,也不是异教的谶语,也不是天然的征兆,而仅仅是关于有凭有据,而所言之事其缘由不明的预言。女巫对扫罗说:"明日你和你众子必与我在一处了。"荷马有如下的诗句:然而,伊尼埃斯一族将统治各处的海岸,他的子与孙,以及他子孙的子孙。

好像是关于罗马帝国的一个预言。悲剧作家塞奈喀有这么几句诗:

> 后世将有一时:
> 海洋将解开天然的束缚,
> 有一片大陆将开放呈露,
> 蒂夫思将发现新的世界,
> 土勒将不再为地极之国。

这好像是关于美洲之发现的一种预言。波利克拉特斯的女儿梦见久辟特替他父亲洗浴,阿波罗给他涂膏油,其后波利克拉特斯被钉于十字架上,在那里太阳使他遍体流汗，雨露洗他的身子。马其顿王菲力普梦见他把他妻子的肚子封了起来，醒后自己解释，以为他的妻子将不能生育。但是预言者阿利斯坦德却对他说他的妻子是怀孕了，因为一般人对于空着的瓶缸之类是不会封塞的。曾在马喀斯·布鲁塔斯的帐中出现的一个鬼影对他说道："你在非力帕又要遇见我的。"泰比瑞亚斯对加尔巴曾说："加尔巴，你也会尝着帝国的滋味的。"在外斯帕显的时代东方流传着一种预言，说是从久地亚出来的人君，将统治全世界。这个预言虽然也许是为救主耶稣而发的，泰西塔斯却以为是指外斯帕显的。道密先在被杀的前一夜，梦见从自己的颈项上长出了一颗金的头颅，果然他的承继者造就了多年的黄金时代。英王亨利第六当亨利第七方为幼童，给他进水的时候，对人说："这孩子就是将来要享受我们现在所争的王冠的人。"从前我在法国的时候曾从一位辟纳医生那里听来一个故事，他说法国的太后（她是很信法术的）曾把先王（她的丈夫）的生辰用了一个假名字，拿去叫人推算。那术士论断说，这人将于决斗中被杀。王后听了这句话大笑，以为她的丈夫是不会有人向之挑战或要求决斗的。但是他后来竟在马上比枪的游戏中被杀，因为末瑞的枪头破裂处的木刺误入其半面脑内也。

我在年幼的时候，正是伊丽莎白女王春秋鼎盛的时候，那时我听过一个很普遍的预言，它说，麻织成线啦，英国就"干"啦。这个预言的意思大家多以为是这样的，把英国君主的名字的头一个字母排列起来，就成了hempe这个字，等到这几位君主（就是Henry、Edward、Mary、Philip和Elizabeth）的朝廷完了之后，英国便要大乱。这种情形，感谢上帝的恩典，并没有实现，仅仅在英国的国名上算是证实了而已，因为当今主上的尊号不是英格兰王而是不列颠王了。在1588年以前，也有个预言，这个预言的意思我不是很明白：

有一天将要看见，
在《弓箭》与《五月》之间，
挪威的黑色舰队。

等这个去了之后，

英国啊，用石头与石灰筑房吧，

因为以后的战争是不会有的。

这个预言的意思大家都以为是指1588年来的西班牙大舰队，因为据说西班牙王的姓乃是挪威。君王山人的预言：88年，一个奇异的年头。人家也以为是验于西班牙舰队之出发，这个舰队，虽不能说是海上军舰之舰数最大者，却是力量最强者。至于克利昂的梦，我以为那是个笑话。这个梦就是他被一条龙吞噬了，据人解释，那龙就是一个做腊肠的，那人曾经和克利昂捣过乱。像这样的事不止一件，假如你把梦兆和星命学的预言包括在内的话，其数目将更多。我只把几个有凭有据的举出来为例而已。

我的意思是说，这些东西都应当受轻视，仅仅应当为冬夜向火时谈天的资料。可是我说"轻视"的时候，我的意思是关于信仰方面的，因为，在别的方面，散布这种东西的行为是决不可轻视的。因为这一类的事情曾酿成过许多祸害，并且我看见各国曾立了许多严厉的法律以禁止它们。其所以使这类东西流传众口，甚至得到信仰，有三种原因：第一是人们只注意这种预言中的时候而不注意它们不中的时候，这和人们对于梦的态度是一样的。第二是约略的推测或恍惚的古语常常会变为预言，而人类喜欢预测将来的天性使他们以为把实际上他们所推测的事情作为预告是一种没有什么危险的举动。塞奈喀的诗句就是如此。因为在当时就显然可见地球在大西洋之西还有很大的地方，这些地方不一定是汪洋。在这种理论之上再加上柏拉图的《蒂迈亚斯》与《阿蒂阑蒂苦斯》两篇中的传说，就可以鼓励人，使人把这种说法改成一种预言了。第三及最末的（也就是最大的）理由是差不多所有这些无数的预言，都是假话，是完全被游荡狡猾之徒在事后捏造、伪制出来的。

? 感悟·思考

　　1.本文所论述的预言专门指什么？它与本文导语中所说的预言是否相同？
　　2.本文引用了很多历史故事或直接引用原话，说说这在论述中有什么作用和意义？

论野心 [精读]

名师导读

法国名将拿破仑曾经说过："一个不想当元帅的士兵不是一个好士兵。"从中可见他的野心之大。当年法国拿破仑的铁骑几乎踏遍了整个欧洲，欧洲所有的王室大臣们都不得不尊他为王，野心成就了他的事业。

名师点评

写作借鉴

开篇用比喻，形象地将野心在不同条件下的作用表达了出来，让读者一目了然。

我的点评

野心有如胆汁，它是一种令人积极、认真、敏速、好动的体液——假如它不受阻止的话。但是假如它受了阻止，不能自由发展的时候，它就要变为焦躁，从而成为恶毒。类此，有野心的人，如果他们觉得升迁有路，并且自己常在前进的话，与其说他们是危险的，不如说是忙碌的。但是如果他们的欲望受了阻挠，他们就会变为心怀怨愤，看人看事都用一副凶眼。并且在主上的诸事受挫折的时候最为高兴，这在一位帝王的或一个共和国的臣仆方面乃是最恶劣的品性。因此，为君主者，如果用有野心的人，需要调度得使他们常在前进而不后退，方为有益。这种办法不能没有不便之处，因此，最好不要用有这种天性的人。因为如果他们本身与他们所从事的职务不同时并进的话，他们定将设法使他们的职务与己身一同堕落。可是，我们既已说过，顶好是不用天性中有野心的人，除非不得已，那么我们就应该说一说，在什么样的情形中，这样的人是不得不用的。

在战争中必须要用良将，不管他们是如何有野心，因为他们的功劳的用处是可以抵偿其他的一切的。用一个没有野心的军人是和解除他的刺马轮一样的。有野心的人还有一件大用处，就是为君王在危难或受嫉之中替他做屏障，因为没有人会愿意担任这种角色，除非他像一只缝了眼的鸽子，它一上又一上地往高处飞，因为它看不见周围。有野心的人也可以用来拆毁任何与君主争长之势的臣民的权势，正如提比留斯用马可罗推下塞加鲁斯那样。有野心的人既然在此类的情形中是非用不可的，我们就还得说一说这些人应当如何驾驭，好让他们稍减其危险性。这样的人，如果是出身微贱，就比出身贵族的人危险性少；如果是天性暴戾，就比仁爱而得人心的人危险性少；若是新被擢升，就比一向有势，从而变为狡黠善防的人危险性少。有些人以为做帝王者若有了宠幸之臣便算是一种弱点，但是这种事可算是一切对付权势甚大而有野心的人的方法中最好的一种。因为当赏罚是出自宠臣的时候，除了这般人以外，不会有任何人权势过大的。还有一个制裁这种人的方法，就是用和他们一般骄傲的人与之对抗。但是如果用这种办法就必须有些中立的大臣，好使他们稳健，因为若没有压舱物，则船的颠簸将过于厉害。至少，一位做君王的也可以鼓励并造就几个微贱之人使他们成为有野心的人的对头。至于使有野心的人们常有覆灭之可能的办法，如果这些人是天性畏怯的人，那么这种办法也许是很能生效的。但是如果这些人是坚强有勇气的，那么，这种办法也许会激进他们的图谋，反成为一种很危险的办法。至于要颠覆野心过盛的人的这层，如果国事或王事需要这

名师点评

阅读提示

用一个失去野心的士兵，就好比抽掉了他的踢马刺，形容没有野心的士兵缺少进取心。

我的点评

. . . .

. . . .

. . . .

. . . .

写作借鉴

此处，作者用了一个比喻句将"中立的大臣"的重要形象地表现出来。

阅读提示

对那些野心家们赏罚交错施行，他们就好像在树林里一样，晕头转向。这是要让他们彼此监督与约束。

我的点评

样做而又不能突然有所举动，恐有不测的时候，唯一的方法是不停地赏罚交施，使那些人不知道作何期望，如在林中一样。

说到各种的野心，其目的主要在大事上出风头的那种野心比那要事事显身手的那种野心危害要小，因为后者滋生混乱，扰害事务。然而使一个有野心的人忙于事务，比使他拥有广大的从众的危险要少。要在能干的人们之中出风头的人是给自己出难题做的，但是那总是于公众有利的。但是那图谋想在一切的零号中为唯一数目的人，则是世人的毁灭者。崇爵高位，其中有三事：有为善的好机会，能接近帝王与要人，能提高一个人自己的富贵。一个人在希冀之中，若其居心是上述三种中最上的，那么他就是一个诚实的君子，而那能在有所希冀的人的心里看出他有这种居心的君王，乃是贤主。一般言之，帝王和共和国最好在选择大臣的时候，选用那些责任之感敏于升擢之感，为良心而爱做事而非为显扬而爱做事的人们，他们并且还应当把喜事的天性与愿意服务的心性辨别出来。

❗ 品读·理解

　　本篇作者分析了"野心"的利与弊，并给君主们提出了怎样利用与控制野心勃勃的人的建议。其内容主要从以下四个方面来讨论：

　　一、尽量不用有野心的人；

　　二、打仗时，需用有野心的将军与士兵；

　　三、要利用有野心的臣子们彼此监督与牵制，搞所谓的"平衡"；

　　四、君主要洞悉臣下的习性和他们的野心或意愿，防患于未然。若从相反的角度看，这些帝王们的权术也是臣子们最害怕的。

❓ 感悟·思考

　　1.文中有这样一个观点，与法国名将拿破仑曾经说过的"一个不想当元帅的士兵不是一个好士兵"这句话的意思相同，请你从中找出体现这种观点的句子，并用横线画出来。

　　2.野心也是多种多样的，有很多种表现形式。作者认为对于公众有利的野心是什么？哪些情况又是作者深恶痛绝的？用自己的话说一说。

论宫剧与盛会

名师导读

现在的聚会越来越多，名堂也越来越多，同学聚会、同事聚会、生日聚会、老乡聚会……聚会时间越来越长，你对如此种种的聚会是什么观点？

与之前的各种严肃的论说相比，宫剧这一类的东西不过是玩意儿而已。然而，为君主者既然非要这些东西不可，那么，这些东西就应当有优雅之美而无浪费之虚饰。依歌而舞是很有气概、很有乐趣的一种举动。我的意思是说，歌须要成队，队须要居于高处，并且要有弦乐伴奏。歌词也需适合剧情。连唱带做，尤其在对话之中，是极端优美的。不过我所说的是做戏而不是跳舞（因为那是一种卑下凡俗的举动），对话的声音也应当强健有丈夫气（要一个低音和一个高音，不要最高音），歌词应当高雅悲壮而不应当过于细致绮丽。好几个歌咏队，位置于相对的地方，并且此停彼起地接着歌唱，如唱圣诗一般，是很能使人快乐的。变化跳舞使之成各种的形式乃是一种幼稚的玩意儿。又一般言之，我这里所说的不是为人所自然爱好的事物，而是不顾那些小巧的伎俩的，这是应请大家注意的。

剧景的变换，只要是做得安静无哗，确是很美而且很能引起兴趣的东西，因为这些变换是滋养眼目，使之免于长久注视一物之劳的。剧景应当明亮，染有特殊的而且多样的颜色。剧中的演员，或任何要从台上下来的人，最好在下来之前，先在台上做些动作，因为这种动作特别能吸引人的眼目，使他乐于盼望能看见刚才未能十分看清楚的事物。歌声应当嘹亮欢畅而不应当喞啾断续。同样，音乐也应当准确响亮，并且安排得宜。在烛光之下显得最漂亮的颜色是白色、粉红色和一种海水绿。亮色的圆点与金属，既不甚费钱，也最为灿烂。至于富丽的刺绣，则在烛光之下是隐而不彰的。演员的服装应当优美，并且应当在演员除下面具之后合乎他们的身材。这些服装还应当有异乎常见的样式，如土耳其装、军装、水手装之类。剧中的"反插"不应当太长，这些"反插"的题材向来多是关于傻子、羊怪、狒狒、野人、怪物、野兽、小鬼、巫婆、黑人、侏儒、小土耳其人、山泽之女神、乡下人、小爱神、偶像变活人等等的。至于安琪儿们，若把他们放在"反插"里是不够滑稽的。在另一方面，凡是丑恶可恨的东西，如魔鬼、巨灵之类，也是不妥当的。但是主要地，要使这些"反插"剧中的音乐能够娱人而且有新奇的变化才好。在有水汽、热气的人群中如果忽来几阵香风而不见任何水珠下坠的话，那是种使人愉快、具有新鲜之感的东西。双重的宫剧：一组男的，一组女的，能添加庄严与新颖。但是演奏的房屋如不保持干净整齐，则一切都是等于没有的。至于比武竞勇的种种游戏，他们的光辉灿烂之处主要是在挑战者入场时所坐的战车上，尤其这些战车是用奇兽牵拽的时候为然，如狮子、熊、骆驼之类皆是。这种光辉也有仗着入场时的排场的，也有倚靠服装之绚烂的，也有借他们马匹的装饰及甲胄之鲜明的。但是关于这些玩物我们说得已经够了。

❓ 感悟·思考

1.文章开头第一段虽认为宫剧这一类的东西就是玩意儿，但紧跟着作者就提出了他真实的看法，作者真实的看法是什么？

2.第三自然段作者主要阐述了哪几个方面的观点？分别是什么？用自己的话说一说。

论习惯与教育 [精读]

习惯伴随着人的一生，影响人的生活方式和人成长的道路。习惯对人相当重要，看到这个题目，你有什么想法？

名师点评

阅读提示

引用马基亚维利的话强调习惯的作用和重要性。

🖋

我的点评

人们的思想多是依从着他们的愿望的，他们的谈论和言语多是依从着他们的学问和从外面得来的见解的，但是他们的行为却是随着他们平日的习惯的。所以马基亚维利说得很好：天性的力量和言语的动人，若无习惯的增援，都是不可靠的。

他所论的事情是，为了完成一件极险恶的阴谋，一个人不可信任所用的某人之天性的凶猛或约言的坚决，而应当任用以前曾经亲自下过手，手上染过他人的血的人。但是马基亚维利不知道有一个乞僧克莱门，也不知道有一个哈委亚克，也不知道有一个约尔基，也不知道有一个巴尔扎加尔·杰拉德。然而他的定律依然是不移的，就是，天性与言语上的允诺、要约都不如习惯有力。只有一件，就是现在迷信很盛，以致初次为迷信杀人的人简直是和屠夫一样不动心，盟誓的决意也被当做与习惯一样强，甚至在流血的事件中亦是如此。在迷信以外的事情中习惯之凌驾一切是处处可见的，其势力之强，使得人们于自白、抗辩、允诺、夸张之后，依然按照旧的习惯做下去，**好像他们是无生命的偶像和由习惯的轮子来转动着的机械似的**，这种情形真使人惊讶。

我们也可以见到习惯的统治或专制，可以看出它是怎么回事。印度人（我说的是他们的哲人中的一派）会自己静静地躺在一堆柴上，然后用火自焚以为牺牲。不但如此，那些做妻子的还要争着与丈夫的尸身一同烧死呢。在古时，斯巴达的青年们常乐于在狄亚那的祭坛上受笞刑，一动也不动。我还记得在伊丽莎白初年的英国，有一个被判死刑的爱尔兰叛党曾上呈总督，请求缢死他的时候用薪条而不用绞索，因为以前的叛党都是照例用薪条的。在俄罗斯有些僧人为赎罪起见，会在水盆里坐上一夜，直到他们被坚冰冻住了才算。习惯在人的精神和肉体两方面的力量，例子可以举出很多。所以，既然习惯是人生的主宰，人们就应当努力求得好的习惯。习惯如果是在幼年就起始的，那就是最完美的习惯，这是一定的，这个我们叫做教育。教育就是培养早期习惯最有效的方式。所以，我们常见，在言语上，幼年时代比幼年以后舌头较为柔和，能学一切的语法及声音，并且四肢关节也比较柔软，适于各种的竞技和运动。因为年长方学的人不能像从小就学起的人能屈伸如意，这是真的。除非有些从未固定自己的心志，还把心志开放着，并准备好了接受不断改良的人们，那算是例外，但这种情形是非常少的。但是假如个人单独的习惯其力量是很大的，那么共有的联合的习惯，其力量就更大了。因为在这种地方他人的例子可为我之教训，他人的陪伴可为我之援助，争胜之心使我受刺激，光荣使我得意，所以在这种地方习惯的力量可说是到了最高峰。

名师点评

阅读提示

"机械似的"这个短语用得生动、形象。说明了习惯在生活中对人的影响之大之强。

阅读提示

深化文章中心，点明主旨，所以，我们要重视教育，尤其是要注意早期教育。这样才能在人的早期形成良好的习惯，从而影响我们的一生。

我的点评

名师点评

阅读提示

作者在此指出了美德、教育、习惯三者之间的相互关系，强调了人性的美德最终还是取决于好的习惯的培养，即教育。

我的点评

人性美德的大提高取决于秩序与纪律都好的社会。国家和好的政府培养美德却不重视改善种子。但不幸的是，最有效的手段现在还用于最不希望的目标。

❗ 品读·理解

　　题目虽然是《论习惯与教育》，但大部分篇幅谈论的都是"习惯"，作者向我们阐述了习惯的巨大力量，只用一段文字来谈"教育"。作者从培养习俗或习惯的角度，用新的眼光阐明教育的本质与宗旨，论述了"教育就是培养早期习惯"的观点，观点简单明了，具有重要的指导意义。

❓ 感悟·思考

　　1.阅读文中第二自然段，你知道习惯与教育二者之间是怎样的关系吗？作者列举了哪些事例来论证这个观点？用你自己的话概括地说一说。

　　2.仔细阅读文章，最后一段中"最有效的手段"和"最不希望的目标"分别指什么？

论放债

名师导读

　　人们将借贷说成是金融领域里最美丽的"恶之花"，被人们轻蔑或者诅咒地称为"高利贷"。但它却有着异常顽强的生命力和破坏力，是一把双刃剑，可以杀人也可以救人。从本文中你能看出来这把剑的双刃吗？

　　许多人都曾经巧妙地说过骂放债的话。他们说，人类应给上帝的贡献是每人收入的十分之一，而现在这上帝应得的竟被魔鬼占了，真是一件可悲的事。又说，放债的人乃是最大的破坏安息日的人，因为他的犁耙使每个安息日都在工作。又说放债的人就是委吉尔所说的雄蜂。他们把那些雄蜂（一群偷懒的东西）从蜂房中驱逐出去了。又说放债的人把人类自失乐园以后的第一条法律破坏了。这第一条法律就是"你将汗流满面然后得食"，而放债的人却是"借他人面上的汗而得食"的。又说放债的人应该戴姜黄色的帽子，因为他们变成犹太人了。又说钱生钱是有悖天道的，诸如此类。总之一句话放债是因为"人心太硬而不是蒙上帝允许的一种事"。

　　既然借与贷是免不了的，而且人的心肠是硬得不肯白借钱给人的，那么，放债的事情便非准许不可了。又有些人也曾经关于银行及财产呈报和其他的办法提出多疑而巧妙的建议，但是很少有关于放债这件事说过有用的话的。把放债的利与害列举在我们眼前，以便我们酌量采择其利，并且小心办理，庶几我们在走向改良之途的时候不要遇见比现在更坏的事情，这是好的。

　　放债的害处：第一，使商人的数目减少。因为要是没有放债这种懒惰生意，金钱是不会静止不动的。反之，大部分的金钱将被用在商业上，而商业乃是国家财富的"门静脉"。第二，放债使商人性质变劣。因为，一个农人，假如他住在一个租价很大的田地上，他就不能够好好地经营他的土地。类此，假如一个商人不得不靠高利贷的话，他就不能好好地进行他的生意。第三件害处是附属于上述的两件害处的，就是帝王或国家的税收之减少，税收原是随着贸易涨落的。第四件害处是放债把一国的财富都聚在少数人之手。因为放债的人是拿得稳的，而别的生意人是不能拿得稳的，所以到这场戏快结束的时候大多数的钱都进了放债为生的人的箱子了。然而，一个国家总是在财富分配得最为平均的时候是最为兴盛的。第五件害处是放债之举把土地的价值打低了。因为金钱的用处，主要是在做生意或购置田产，而放债却把这两种事业之路堵截了。第六件害处是，放债把一切的工业、改良和新的发明都挫折、压抑了，因为假如没有放债这种事业阻挠的话，在上述的种种事业中自会有金钱活动的。最末的一件害处是，放债是损害许多人的财产的东西，而这种行为经过了相当时间之后是会引起一种共同的贫乏的。

在另一方面，放债的益处是，第一，无论放债之举在某种情形中是多么阻挠商业的，然而在别的方面它却是助长商业的。因为商业的最大部分是由年轻的商人靠着借有利息的债而经营的，这是无疑的。如果放债的人把他的钱收回或者不放出去，马上就会发生商业上的大停滞。第二件益处是，要没有这样容易的用利息借债的办法，人们的需要将使他们骤然陷于没落。因为他们将不得不被迫卖掉他们赖以为生的资产（无论是田产或货物），而且卖得价值远不及这些资产的真正价值。所以，放债的行为固然是损蚀这些人，但是若没有放债的行为，则坏的市面将会把他们整个吞噬。至于抵押或典当之举，那也是无济于事的。因为，不是人们不肯无利息地收受抵押和典当，而是如果他们肯这样做，他们必定会眼睛专注在没收那些资产上面。记得有一位乡下的狠心富翁常说："鬼把这种放债的举动拿去才好，它使得我们不能够没收抵押的产业和证券。"第三件最末益处是，设想能有不带利息的一般借贷乃是虚妄的，并且如果借贷之事一受拘束，将发生的不便之处其数目之多是不能想象的。因此，要废止放债业的话是空话。所有的国家都有过这种生意的，不过只是种类与利率的不同罢了。所以，这种意见只好送到乌托邦里去了。

现在且一谈改良并管理放债业之道：如何可以避免它的害处而保持它的益处。从放债业的利害看来，有两件事是应当调和的：一件是，放债业的牙齿应当磨得钝一点，使它不至于咬人咬得太厉害；另一件是，应当留一个门户，可以鼓励有钱的人放债给商家，以便商业能够继续并活动。这件事情除非是你创立两种大小不同的放债，否则是办不到的。因为，假如你把放债业全减到一个低利率上去，这种办法对一般的借债者将要容易一点而商人将不容易得到钱了。并且我们也应当注意，商品交易的事业，因为获利最厚，所以能担负高利贷，而别的事业则不如此。

要把上述的两种目的都达到，其方法略如下，要有两种利率：一种是自由而且公开的；另一种是受统治的，唯有某种人并且在某种商业地域才可以得到允许的。因此，第一，应当使普通放债的利率减到百分之五，这种利率应当公布为自由通行的利率，并且国家应当承担这种利率而不加以罪。这个办法可使借贷之举免于停止或枯竭，也可以便利国内无数的借款人。并且，这个办法，大体上，将提高田地的价值，因为以十六年交清买款为期买来的地一年之中可以产生百分之六或稍高的利息，而这种放债的利率则只能产生百分之五的利息。以同样的理由，这种办法也将鼓励并刺激工业和有益的改良，因为许多人将宁愿投资于这些事业而不愿收百分之五的利益，尤其是收惯了较高利息的人更要如此。第二，应该让一部分人得到允许，可以用较高的利率放债给知名的商人，这种事并且还得有如下的预防：这种利率，即在那些商人的方面，也应该比他从前惯付的利率较为轻一点。因为由这种方法，所有的借款人都可以得到一点便利，无论他是商人或是任何人。放债的人不可是银行或公司，而每个人都应当是他自己的钱的主人。这并不是说我完全憎恶银行，而是因为他们为了某种嫌疑的缘故是很难受到一般人的信任的。国家为了所发的允许证应当使放债人负责缴纳一笔小捐税，其余的利益则应当归之于放债的人，因为假如这种捐税的数目很小的话，它是决不会使放债的人灰心的。举例来说，那原先收百分之十或百分之九的利息的人是宁可降到百分之八也不肯放弃他的放债事业，撇下拿得稳的利益跑去求冒险的利益。这些持有允许证的放债者其数目可以不必限定，不过他们营业的地点却应当限于某几个商业的城市，因为这样他们就不能掩饰国中他人的钱财。持有特许证可以放百分之九的利率的债的人就不会把那一般流行的百分之五的利率的钱吸收尽了，因为没有人肯把钱放到远处，或放在不相识的人的手里的。如果有人反对说，以前放债的事业不过是在某种地方受容忍，而我的办法差不多要使它成为合法的营业了，我的答语是用公开承认的办法补救放债的害处比默认其存在而使它横行的好一点。

❓ 感悟·思考

    1.通过第一自然段形象生动的论证，作者对放贷持什么态度？从哪些语句里可以看出作者的态度？用横线画出来即可。

    2.培根在文中也论述了对放贷这个行业的改革和管理，他认为如何避免放贷的害处而保持它的益处呢？根据你的理解写一篇200字左右的小短文。

说建筑

😊 名师导读 😊

　　当你看见一个个条条框框的平面图形变成一座座拔地而起的高楼大厦时，不知道你有没有成为一个建筑学家的愿望？

　　造房子为的是在里面居住，而非要看它的外面，所以应当先考虑房屋的实用方面而后求其整齐。不过，要是二者可兼而有之的时候，那自然是不拘于此例了。把那专为美观的房屋建造留给诗人们的魔宫好了，诗人们建这些魔宫是费钱很少的。在不良的地点上盖一所好房子的人是把自己囚在牢狱里的。我所谓的不良的地点不仅是指空气不卫生的地方，空气不平均的地方也算在内的。因为你可以看见许多好看的建筑物坐落在一个小丘上，四围都是高山环绕，结果是太阳的热力幽闭于内，而风聚其地如水之就槽。因此，在这种地点，就会有——而且是突然地会有——多种不同的寒热，好像是住在好几个地方似的。再者，使一个地点成为不良的地方也不仅限于不良的空气。不良的道路、不良的市场都是因素。并且，如果你愿意参考茅木斯的意见，不良的邻人也是原因之一。还有许多事我不想多说，如缺水、缺林木和荫蔽、缺果实、土壤掺杂、缺风景、缺平地，附近缺少可供打猎、放鹰、跑马之地，离海过近或过远，缺少可航的河流之利或有河水泛滥之忧，离大城市过远（那是会妨碍事务的）或离大城市过近（大城市消耗日用品过多，使一切物品都价值昂贵），一个可以使人积聚大产业的地点或一个使人局促不能发展的地点：所有的这些事情，也许是不会全在一处，不过我们应当知道这些事情，并考虑它们，以便一个人可以尽其可能地采取其中的益处，并且，要是这个人有几所房屋的话，他也可以把它们布置好了，以便在某一所房屋里缺乏的东西可以在另一所里找到。卢库拉斯答庞拜的话是很好的。庞拜有一次看见卢库拉斯的一所宅子中高耸的楼阁、大而且亮的屋子，就说道："这真是一所消夏最好的地方，但是你冬天怎么办？"卢库拉斯答道："啊，鸟类中尚有在冬天快来的时候迁居的，难道你以为我没有它们聪明吗？"

现在由房子的坐落说到房子本身。在说到这个的时候我们将学西塞罗论演说术的办法：西塞罗写过几本《论演说者》的书，却又写了一本书题名曰《演说家》。在《论演说者》诸书中他讲述演说术的道理，在后一书中则讲述演说术之最高成就。

因此，我们将描述一个君主或王公的宫邸，把它作为一个简略的模范。因为在目前的欧洲，有像梵蒂冈和埃斯库锐亚耳一类的大建筑物，而其中几乎没有一间优美宜人的屋子，这种情形是令人少见而惊异的。因此，第一，我以为若要有一座完美的宫邸，那么这宫邸就非有几个不同的方面不可。这几个不同的方面应该有一面是为宴会的，如《圣经·以斯帖书》中所说的一样："还有一面是为住家的。宴会的那一面是为宴饮演剧之用，住家的一面则是为居住之用的。"我所说的这些"面"或"侧"是并不限于后院也可为前院的一部分的，并且它们应当是与外面一致，虽然内里可以分为几部分。它们还应当是在宫邸正面居中的一座高大堂皇的楼阁的两侧的，就好像这座楼是把它们从两边连接起来的一般。在宴客厅的那一面的正面楼上，我认为只要一间好屋子，约需40米高，在这间屋子的下面应当有一间同样宽大的屋子为储藏演剧游艺的各种用品及演员化妆之用。在其他的一侧，就是住家的那一面，我认为头一件事首先应当分出一座大厅和一座经堂来（二者用分壁隔开），都应该美观而且宽大。这两个屋子却不应当把所有的地方都占了，在最远的一头还应该有一间夏天的和一间冬天的客厅，这两个客厅都要相当美观才好。在这些屋子（经堂除外）的下面，要有一个好而大的地窖，还要有些小厨房、伙食房、食器室之类。至于正面中间的那座楼，我以为应当有两层是高出两翼之上的，每层高约18米，楼顶上应该用好的铅皮做房顶，周围用阑干，并且分设雕像，这座楼也应该依需要而分作若干屋子。通上层的楼梯应该建筑在一条好看而显露的中柱之上，并且用木制而染成原色的雕像围绕起来，楼梯的顶端也应当有一块很好看的梯顶。但是这种安设楼梯的办法要你把下层的任何屋子不作为仆役的餐室才行。否则你就得让仆人们在你吃过饭以后再吃：因为他们吃饭的时间那股气味会借着楼梯升到楼上，就好像从一个烟囱里往上冒烟一样。关于房子前部的话就止于此。不过，我以为头一层楼梯的高度应该是16米，这也就是楼下屋子的高度。

过了这房子的前部应当有一个好看的庭院，只有三面有屋子，而且这些屋子应该比前部的建筑低得多。在这个院子的四角要有好看的楼梯，安设在角楼里面，这些角楼要建筑在屋子的行列之外，不可与各屋一致。并且它们不可和前部的房屋一般高，而应当和其他三边那些较低的屋子相称。院子不宜用砖石砌筑，因为这种办法使得院里夏天大热，冬天大寒，唯有四边人走的小径和院中的十字路可以用砖砌，其余的部分应当铺草皮，草长起来之后应当常剪，但是不可剪得太短。在宴厅那一边的厢房应当都是堂皇的陈列室一类的屋子，在这一排屋子之中应当有三个或五个精美的小圆顶阁，安设在距离相等的地点，并且还应当有精美的、彩绘着各种图形的玻璃窗户。在住家的那一边，应当有会客室和普通宴饮的厅堂，以及若干卧室。再者，这三边房舍都是双层的，不至于全受阳光的屋子。这样你就可以有上午或下午都可以避阳光的屋子了。你应当设法使你的屋子冬暖夏凉。有时候你可以遇见有些好看的房子满是玻璃窗，多得使人说不出往那里去才可以避日晒或寒冷。至于凸窗，我以为是很有用的（在城市里，为房屋临街的一方面之设计，直窗确是较好一点）：因为为会谈会议之用，凸窗是很幽静的地方，并且还能避开日晒风吹，因为碰到贯穿全室的日光或风力几乎沾不着这种窗子。但是这种窗子也只可有少数，我们所说的那个院子里最好有四扇这样的窗子，分设在两边，一边两个。

过了那个院子，还应当有个内院，与上述的那个院子面积一样大，屋子一样高。这个内院要四周都是花园，在院子的内部四边都要带走廊，筑在匀称而美观的拱门上，其高与第一层楼相等。在下层，临近花园的一面，那些屋子应该改成一种洞窟或荫凉之处或消夏的房屋。这些屋子的窗户都要仅仅开向花园，并且要在地平之上，一点儿也不可在平地之下，以避一切的潮气湿气。在这个内院的中间还应该有一个喷泉或一些好的雕像，这个院子铺砌的方法应该与上述的那个院子的一样。院中的房屋的两厢者应该作为私人的寝室，而在两端者则作为私人的别室。又必须在这些屋子之中预备出来一组养病的病室，附有住室、卧室、小客厅、后屋，以备君主或某贵人有疾病的时候养病之用。这些屋子都应该在二层楼上。至于平地这一层，则应该有一个美观的、开放的、以柱子支持的阳台。在第三层的三面也都应当有开放的以柱子支持的阳台或悬楼以吸收花园的景色和新鲜空气。在最远一端的两角，应该有两个厢房式的优美或富丽的小阁子，地上铺得很精致，墙上挂得很艳丽，窗上安的是晶莹的玻璃，中间是一个富丽的圆顶，此外，还有一切可以想象得到的优美的东西。在那高一层的悬楼上，我以为如果地方允许的话，也应当有几口流泉从墙上各处流水，并且应当有巧妙的泄水的设备。关于官邸的模型以上所说的这些话已经够了，只有一件，就是在达到宫邸前部的以前，先要有三个庭院。第一个是一个素朴的、四面有围墙的、长着绿草的院子；第二个差不多和第一个一样，不过稍加装饰，在墙上有些角楼（或者不如说是点缀罢了）；还有第三个庭院，和官邸的正面合成一个正方的，但是周围不要房舍或垣墙，而三面都要用露台围绕，顶上用铅皮，要装饰美好，并且要有用柱子而不用拱门支持的走廊。至于办公的屋舍，则应使它们离宫邸略远，而附有较低的走廊，以便由这些屋舍达到宫邸中去。

❓ 感悟·思考

1.作者在文章第一自然段就明确提出了什么样的观点？从文中找出用线画出来。

2.作者是从哪几个方面来谈论建筑的？

论幸运 [精读]

🎴 名师导读 🎴

一个人一辈子做事、读书、不管是干什么，其中都有"机遇"的成分。已故国学大师季羡林在一篇散文里提出一个公式：天资+勤奋+机遇=成功。其实"机遇"也就是我们常说的"幸运"。如果以这个公式为标准，那么，你的幸运指数是多少呢？

名师点评

阅读提示

偶然发达、一步登天的人很多时候得益于别人的错误，特别是王位的继承、君主的变换。这个拉丁谚语的意思来源于蛇因为缺食会互相吞食，而最后生存下来的，便是强者。

一方面，幸运与偶然性有关——例如长相漂亮、机缘凑巧等；但另一方面，人之能否幸运又决定于自身。正如古代诗人所说："人是自身幸福的设计师。"

有的时候，一个人的愚蠢恰是另一个人的幸运，一方的错误恰好促成了另一方的成功。正如拉丁谚语所说："蛇吃蛇，能成龙。"

炫耀于外表的才干徒然令人赞羡，而深藏不露的才干则能带来幸运。这需要一种难以言传的自制力。西班牙人把这叫作"潜能"。一个人具有优良的素质，能在必要时发挥这种素质从而推动幸运的车轮转动，这就叫"潜能"。历史学家李维曾这样形容老加图说："他的精神与体力都是那样优美博大，因此，无论他出身于什么家庭，都一定可以为自己开辟出一条道路。"——因为加图具有多方面的才能。这话说明，只要对一个人深入观察，是可以发现对他是否可以期望幸运的。因为幸运之神虽然是盲目的，却并非无形的。

幸运的机会好像银河，它们作为个体是不显眼的，但作为整体却光辉灿烂。同样，一个人若具备许多细小的优良素质，最终都可能带来幸运的机会。

意大利人在谈论精明的人时，除了夸赞他别的优点外，有时会说他表面上带一点"傻气"。是的，有一点傻气，但并不是呆气，再没有比这对人更幸运的了。然而，迷信愚妄的人是不会幸运的，他们把思考权交付给他人，就不会走自己的路了。

意外的幸运会使人冒失、狂妄，然而经过磨炼的幸运却使人成为伟器。

幸运是令人尊敬的，至少这是为了他的两个女儿——一位叫自信，一位叫名誉。他们都是幸运所产生的。前者产生于人自身的心中，后者产生于他人的心中。

古代的智者，为避免招人嫉恨，很少对自己的幸运进行夸耀，他们把一切归功于"神"。事实上，也只有伟大人物才能得到神的护佑。恺撒对大风浪中的水手说："镇静，有恺撒坐在你的船上！"而苏拉则不敢自称为"伟大"，只称自己为"有幸的"。

从历史可以看到，凡把成功完全归于自己的人，常常得到不幸的终局。例如，雅典人泰摩索斯总把他在政治上的成就说成："这绝非幸运所赐，而是因为本人高明。"结果他以后做什么事很少成功了。世间确有一些人，他们的幸运，流畅得犹如荷马的诗句。例如普鲁塔克就曾把泰摩列昂的好运气与阿盖西劳和埃帕米农达的运气相对比。但这种幸运成功的果实，最终也还要到他们的德行中去找原因呵！

137

⚠ 品读·理解

　　此文两次提醒人们应该聪明地对待自己的幸运。聪明的人，为了减少别人对他人才与德的嫉妒，习惯把自己的才与德归功于天意或幸运，这样他便可以更好地、更安全地享有它们。此外，享受上天最高权力的关爱，本身就是一个人的伟大之处。

　　此文开头与结尾两次重复一个中心思想：幸运是存在的，幸运也有大小之分，但幸运掌握在自己手中。幸运的大小也取决于自己本身。

❓ 感悟·思考

　　1. "例如普鲁塔克就曾把泰摩列昂的好运气与阿盖西劳和埃帕米农达的运气相对比。但这种幸运成功的果实，最终也还要到他们的德行中去找原因！"这句话论述了一个怎样的观点？

　　2. "极端地爱自己国家或主人者从来是不幸运，他们也不可能幸运"，这也是人类社会残酷的现实。爱国或者忠君而遭遇不幸，岳飞就是一个例子。但像岳飞这样真正的爱国英雄视死如归，甘愿承担任何的不幸，不是一般人能比的。这样的例子古今中外都有很多，请你再举一个这样的人物事例，讲讲他的故事。

说花园

😊 **名师导读** 😊

　　说到花园，你一定会想到苏州园林。苏州园林几乎是中国各地园林的标本，各地园林或多或少都受到苏州园林的影响。这是针对一个具体的园林而言，那么，对于抽象而言的花园会怎么样呢？

　　万能的上帝是头一个经营花园者。园艺之事也的确是人生乐趣中之最纯洁者。它是人类精神中最大的补养品，若没有它则房舍宫邸都不过是粗糙的人造品，与自然无关。再者我们常可以见到当某些时代进于文明风雅的时候，人们多是先想到堂皇的建筑而后想到精美的园亭，好像园艺是较大的一种完美似的。我以为在皇家花园的经营中，应该一年之中每个月都有花圃，在其中可以每月各有当令的美丽的花木。为了十二月、一月和十一月的下半月，你必须种植一冬常绿的东西：如冬青、常春藤、月桂、杜松、柏树、水松、波罗蜜树、枞树、迷迭香、薰衣草、长春花（白的、紫的和蓝的）、石蚕花、菖蒲、香橙、柠檬、桃金娘（如果能设法保温不使受寒的话）和香茉沃剌那，不过要种在墙下向日之处才行。在这些以后，为一月的下半月和二月，应当栽培在那时发花的樱楮树、番红花（黄灰两色的都可）、樱草、白头翁、早开的郁金香、荷兰风信子、小鸢尾、贝母等。到了三月则有香堇菜，尤其是单瓣蓝色的那一种，它们是开得最早的。此外还有黄水仙、雏菊、杏花、桃花、山茱萸花、野蔷薇等。在四月里接着来的则有双瓣的白香堇、黄紫罗兰花、香紫罗兰、黄花九轮草、蝴蝶花、各种的百合花、迷迭香、郁金香、重瓣的牡丹、淡色水仙、法国忍冬、樱花、李花和梅花、抽叶的山丁香等。在五月和六月里来的则有各种的石竹，尤其是娇羞石竹。各种的蔷薇，唯有那开得较晚的麝香蔷薇不在其内。还有忍冬、杨梅、紫草、耧斗菜、法国万寿菊、非洲万寿菊、结果实的樱桃树、醋栗、结果实的无花果树、蔗莓、葡萄花、薰衣草、开白花的香兰、百合草、铃兰、苹果花等。七月间则有各种的紫罗兰、麝香蔷薇、开花的菩提树、早熟的梨与结实的李子、两种早熟的林檎等。八月里来的有各种结实的李树、梨、杏、伏牛花、榛子、甜瓜、各种颜色的附子。九月里来的有葡萄、苹果、各种颜色的罂粟花、桃子、半边红而肉色黄的桃子、油桃、山茱萸、冬梨。在十月和十一月的月初则有楸子、枸杞、洋李、插枝或移植以求其晚开的蔷薇、蜀葵以及和这些一类的东西。这些花木之类都是就伦敦的气候而言的，但是我的意思是显然易见的，就是你可以按着各地方的出产而享有一种"永久的春天"也。

因为花卉的香气在空气中（在空气中花香的来去是类似音乐的鸣奏的）比在人的手里香得多，所以为了那种闻香的至乐，再没有比懂得哪几种花卉是最能于采摘之前在空气中散布芬芳的这种事更为适合需要的了。蔷薇，淡红的和大红的，都是严守香气的花，所以你尽可以走过一大排的蔷薇之旁而闻不到一点它们的香气，这些花甚至于在清晨的露水之下也是如此的。月桂在长大的期间也不放香。迷迭香香气不多，茉沃剌那香气也少。在空气中所放的香气最大，超过其他的一切花草的，要数香堇，尤其是白色重瓣的。这种花一年中发花两次：一次在四月中旬，另一次在圣巴索罗缪节左右。其次就是麝香蔷薇。再就是将落的杨梅叶子，它能发一种最爽心的香气。还有就是葡萄花，这种花是小粉花，好像小糠草的粉花一样，是在葡萄穗初发的时候开的。再然后就是野蔷薇。然后就是黄紫罗兰花，这种花如果种在一座客厅或低层的小室的窗下是大可增人兴趣的。随后就是各种的石竹和紫罗兰，尤其是花坛石竹和丁香石竹。紧接着是菩提树的花。再者是忍冬花，只是要远一点才好。关于豆花我不想说什么，因为它们是田间的花。最后，那最善于在空气中散布芬芳的同时并非任人徘徊其侧而是受人践踏压碎的花共有三种：地榆、野百里香和水薄荷。

因此，你应该种植这些花，把它们遍栽在整条的园径上，以便你在散步或践踏草地的时候能享受它们的香气。

至于花园（我们现在所说的是那些属于王者的花园，就如同上文之论建筑一样），其内部的面积不应当比三十亩过少，并且应当区分为三部：一进园门的地方是一片草地，靠近出口的地方是草莽或荒地，花园的主要部分则在中间，此外两旁还有人走的道路。我以为园地的四亩当作为草地之用，六亩作为荒地之用，两边各占四亩，十二亩作为正园之用。绿草地有两种乐趣：第一，再没有比剪得整整齐齐的绿草更为悦目者；第二，这绿草地将在中间给你一条人行道，由此你可前进到一片堂皇的篱垣之前，这篱垣是用以围绕正中的花园的。但是因为这条道儿不免稍长，并且在一年或一天之中天气最热的时候，你不应当为求园中的阴凉而先付在阳光下行过草地的代价，所以你必须在花园的两边，各布置一个有荫庇的通路，由木工装置约12米高的架子，由这些通路你可以达到园中的阴凉。至于用各种颜色的泥土安设花坛，使成图案，企图把它们摆在临近花园的那一部分居室窗下的事情，不过是玩意儿，你在糖果点心之中也常常可以看见同样的美景。花园的主要部分最好是正方的，四面用堂皇的带拱门的篱垣围绕。这些拱门应当筑在木工制作的柱子之上：它们应该约有10米高，6米宽，并且拱门之间的距离应该与每个拱门的宽一样。在这些拱门之上还应当有一圈整个的篱墙，高约4米，也凭木工制作。在这上一层的篱墙上面，在每个拱门的上头，要有一个小角楼，中部圆形凸出，能容一个鸟笼，在每个拱门之间的地方上头应该有些别样的雕像刻工之类，盖上宽广的各色玻璃砖，以便阳光在上面"游戏"。但是这个篱墙我是要把它建筑在一个坡上，不是一个峻坡，而是一道很平易的斜坡，高约6米，遍栽花草。我的意思是这个方形的花园其宽度不应当占据整个园地的宽度，而应当在两边留出地方来，做成许多的小径，这些小径可由上述的那两个有覆盖的通路达到。但是在这块大方地的两端决不可有带篱墙的径路，在前面的一端不可有，因为如果有了就会阻碍你的视线，使你从前面草地上望过来的时候看不清那美观的篱垣；在后面的一端也不可有，因为如果有了又将阻碍你的视线，使你从篱垣的拱门望出去的时候看不清后面的草莽之地。

至于大篱墙以内的园地的布置，我觉得应该把它留给别出心裁的计划。不过，有一点忠告，就是不论你把它布置成什么样的形状，头一件事情就是不可过于繁复或人工太多。比如，我个人就不喜欢在杜松或别的圆木上刻画图像，这一类的东西是儿童们的。小而低的篱墙，圆如滚边，附带着好看的尖塔，这些是我很喜欢的；还有，在有些地方，美观而有木工雕刻的边缘的柱子也是我所喜欢的，我以为园中的那些通路也应当宽广美观。在园子的两侧空地上你也可以有覆盖的小巷，但是在正中的花园中却不可有这种小巷。在这块花园的正中心，我也以为应当有一座美好的小山，由三级梯橙上达，每一级的顶上留出一圈平地来，其阔足以容四人并肩而行，这些平路我以为应当环绕小山，旁边不应当有任何屏障或凸出之建筑物。整个小山应当有30米高，并且上面应当有一座宴客厅，内有布置得很整洁的壁炉，并且窗户上的玻璃不可太多。

至于喷水池，乃是很美而且很能爽人的东西，但是水塘一类的东西则有损于一切，而且使园子变得不卫生，充满了蚊蝇和青蛙。我以为泉应有两种：一种是喷水或冒水的；一种是一个好看的容水的方池，三四丈见方，但是内中没有鱼、黏土和淤泥。为第一种的泉，如今通用的那些或大理石的雕像一类的装饰品是很好的。不过，主要的问题却在如何设法使泉水流通，不要停滞在下面的圆池或水槽里面，以免这水的颜色变丑，或红或绿等等，或者聚集苔藓及腐臭之物。此外，还应当每天用人工清洁。泉下设石级，四周铺砌一部分的地面，也是很好的。至于那另外的一种我们可以叫作"浴池"的水泉，在它上面我们是可以用许多的奇思及美感的，这些都可以不必细说。举例言之，如泉的精为铺砌，并且砌成图形，两旁也照样铺砌，并饰以有颜色的玻璃和类此的有光彩的东西，周围再环以雕像等。但是主要的问题还是如上述的关于第一种水泉的一样，就是，如何可以使泉水永远流动，而于其来源则养以较高一层之水池，直通美观的水池，然后用距离相等的水孔或水管使水由地下外泄，不致停滞泉中。至于那些细巧的设计，使水流如虹而不溢，或使水上升而以各种形式喷射（如鸟羽、酒杯、天盖等等的形状），那都是很好看的东西，但是对于养生和娱心是没有什么帮助的。

至于那本是我们的园地之第三部分的草莽之地，我以为应当尽其可能地做成荒野的样子。在其中我以为决不应当有任何树木，除了几丛野蔷薇和忍冬，其间再杂以野葡萄之类的植物之外，地上则多植香堇、杨梅和樱草就够了。因为这些花都有香气，而且在有荫的地方长得很茂盛。这些花的栽法，应该是散布在草莽之区的各处，并不要什么一定的分配或次序。我也很喜欢鼹鼠丘一类的小土堆（就像真正的草野中所有的一样）。这些小土堆，有些上面应该栽植野百里香，有些应该栽石竹，有些栽石蚕花，那是一种看起来很好看的花。有些栽长春花，有些栽香堇，有些栽杨梅，有些栽野樱草，有些栽雏菊，有些栽红玫瑰，有些栽铃兰，有些栽红色捕虫瞿麦，有些栽熊掌花，以及这一类不甚名贵，然而有香气而又好看的花草。这些小土堆中的一部分应该在顶上有小丛的独立木，另一部分则不必有。这些独立木的种类应当是玫瑰、杜松、冬青、伏牛花（但是这花只可偶尔有之，因为它的气味过浓，使人闷恹）、红醋栗、桃金娘、迷迭香、月桂、野蔷薇等等。但是他们都应当常剪，以免长得凌乱难看。

至于那园中两侧的隙地，应该在其中多设各种巷路，要幽静，并且其中的一部分能遮蔽阳光，无论阳光是从哪一方面来。并且应当把它们之中的另一部分造成避风的，这样在风吹得很厉害的时候，在里面走路如在有遮蔽的廊中走路一般。那些头一种的巷路也应当在两端用篱墙围上，以避烈风。而这第二种的狭巷则必须要永远铺以细石，而且不要长草，以免弄湿了人的鞋袜。在这些虚巷的大多数之中，也应当栽植各种的果树，使它们或攀缘墙壁，或自成行列。不过，这一点应当普遍地注意，就是在里面种植果树的树床应该是美好、宽阔而低的，不可过高。里面也可种些好花，但是应该种得稀少，否则恐怕它们要妨害那些树木。在两旁侧地的尽头处，我以为应当各有一座不甚高的小山，其高度须使人立于其上时，园墙不能高过人的胸部。登上了这些小山，可以望四周的田野。

至于正中的花园，有人主张其两边应当有美观的虚巷，植以果树。园中还应当有些栽着果树的好看的小山、设有座位的亭子，这一切都须安排得宜。对于这种说法我并不反对，不过这些东西决不可过密，而且，正中的花园不可有闭塞的情形，而应当使其中的空气流通无阻。因为，若讲到荫蔽的问题，我以为应当求之于两侧隙地的虚巷，在这些虚巷之中，假如一个人愿意的话，他可以在一年或一日最热的时候散步，但是他应当把正中的花园认为是一年中较温和的季节而设的。在暑热中，则这一部分是为晨夕或阴天而设的。

至于鸟坿一类的东西我是不喜欢的，除非它们的大小可以容地下铺草皮并且栽种活的植物或矮树丛。如此，那所养的鸟儿们就可以较有活动之余地，并且可以有自然的巢之地，在鸟坿下的地面上也不至于有污秽的情形了。

如上所言，我已经替一个王者的花园造了一个模型了。我所用的方法一部分是议论，一部分是规划，所规划者不是一个具体的模型，而是它的轮廓。在这方面我也没有想到省费用的问题，但是这种问题在王公大人是不成问题的。他们多半采取匠人的意见，把许多事物布置在一起，而其所费并不见得比我的计划节省，有时他们还增加雕像，以及此类的东西，所为的是富丽堂皇，然而这于真正的园亭之乐却是没有什么帮助的。

❓ 感悟·思考

1. "万能的上帝是头一个经营花园者。园艺之事也的确是人生乐趣中之最纯洁者"，从这一句话中可以看出培根有着一种什么样的观念？

2. 作者在论述花园这部分时，是从多方面进行论述的，都阐述了哪几个方面？

说交涉

名师导读

交涉指与他人相互协商以便对某事提出解决的办法，看似简单的问题，里面却是有很深的学问的。只有善于察言观色，才能达到交涉的目的，下面不妨跟英国作家培根学几招吧。

进行交涉多半是用口头说话，这比用信函好，由第三者居间比本人亲自去办得好。在一个人想得到一个书面的回答的时候，或者在一个人预备将来可以拿出书面的证据为自己辩护的时候，或者在谈话中有被人中断以致听的人听不完全的时候，用信函交涉是比较好的。在一个人的颜面可以使对方生敬（如在上位者之于下属）的时候，或者在很微妙的局面中，一个人目视听话人的脸方可以知道说话能说多少的时候；一般地，在一个人要保留否认或解释自由的时候，面谈是比较好的。在选择替你办交涉的人的时候，较好的办法是选择那些老实一点的人，那些肯照你的委托去做事，并且肯回来向你忠实地报告结果的人们，而不要选择那些巧于利用他人的事务以利己身并粉饰其报告以图任用者的欢心的人们。那些对于被委托去办的事乐意做的人也应当任用，因为这种乐意的心理使他们勤奋。又须量才任事，如勇敢的人可派去争辩，巧言的人可派去劝诱，机警的人可派去探询观察，冒失荒唐的人可派去办那些不免稍亏于理的事务。那些幸运的，在以前你派去做的事件中很成功的人们也应当任用，因为这种情形可以产生自信，并且这般人也要努力保持他们以前的名誉。

要窥察交涉中对方的意向，一下子就落在本题上面是不如从远处来探查的好，除非你用一种突然的问题来惊他，使他出其不意，无法掩饰，那自然是例外。与已经达到所欲的人进行交涉，不如与那欲望正炽的人进行交涉要好。如果一个人和别人讲条件做事，那么原先履行条件可算是问题的全部。一个人是没有什么理由要求别人先尽义务的，除非事件本身的性质需要如此，或者这人可以劝导对方，使对方相信将来在别的事件上我方还有倚仗他之处，或者要他认为我方是很诚实可靠的。一切交涉的问题无非是观察人或利用人的问题。要看人们的真性情之流露须在他们受信任之际、产生热情之际、不防备之际、有需要之际，就是当他们要做成某事而找不着相当的饰词的时候。假如你要影响任何人，你就必须要知道他的性情和习惯，以便引导他；或者他的目的，以便劝诱他；或者他的弱点与短处，以便于恐吓他；或者对于他有影响的人，以便控制他。在和狡黠的人进行交涉的时候，我们必须要明白他们的目的，以便解释他们的言辞，并且最好对他们少说话，而且所说的话是他们最料不到的。在一切有困难的交涉中，不可希冀一边下种一边收割，而应当对所做的事妥为准备，好让它渐渐成熟。

❓ 感悟·思考

1.文章开头第一句就说"进行交涉多半是用口头说话，这比用信函好，由第三者居间比本人亲自去办得好"，作者这样阐述的依据是什么？

2.本文总是通过正反两个方面进行论证，使得论证生动鲜明，有说服力。请从文中找出一个这样的例子，然后说明句子要论述的观点。

论从者与友人

名师导读

　　不论在生活中，还是在网上，人人都会有朋友。友情是一种最纯洁、最高尚、最朴素、最平凡的感情，也是最浪漫、最动人、最坚实、最永恒的情感。人人都离不开友情。你可以没有爱情，但是你不能没有友情。一旦没有了友情，生活就不会有悦耳的声音，就会如一潭死水。

　　代价过高的从者是不可以喜欢的，怕的是一个人把自己的裙裾弄得很长而把羽翼削短了。所谓代价过高的从者不仅是那些消费钱财的人，那些渎请屡求而不知厌的人也算在内。普通的从者其所求于主人者不应当超出主人的善意相待、善言以容，以及保护安全，使不受欺凌。为主人者更不可喜欢那些党同伐异的从者，因为这些人的来归并不是因为爱你，而是因为对别人心怀不忿，所以我们常见的大人物之间的那些误会多半是由此而来的。类此，好夸耀的从者，那些到处张扬主人的名声的人，也是有很多不利的：他们泄露机密，破坏事业，并且减少主人的美名，反使他失去一般人的欢心。还有一种也是很险恶的从者，这般人实际上是一种侦探，他们常常探询主人家中的事务并且把这些事务报告给别人。然而，这种人往往很受宠幸，因为他们是很殷勤的，而且多半是愿意交换做事的。一位大人物如果有与他自己所从事的事业有相符的身份的从者（例如，一位曾经战事的人而有许多武人为其从者），那是向来被认为合适的事，即在君主国中，也是不受什么猜忌的，只要不过于声势煊赫或过于得一般人民的爱戴就是了。但是那最高尚的一种随从，就是因为主人被人认为是一个懂得如何使各种人都能进德展才的人因而随从着的。然而，遇到在才德上没有什么出众的人的时候，任用比较平凡的人是比任用比较有才的人好一点的。可是，说真话，在卑污的时代中，有才干的人是比有德之人较为有用的。在政治常务上用人应求其资格一般者，这是真的，因为，如有破格用人之举，则被用的人不免嚣张，而其余的人也要怨愤，因为他们以相同的资格可以希冀一种相同的待遇。反之，在宠幸一方面，则由不同的地位经选择而用人是可以的，因为这种办法可使被用之人感恩更深，而其余的人更为殷勤，因为升迁之望全在得宠。

对于任何人，在起初的时候不要过于重视，这是一种很妥当的办法，因为如果一开头就对某人非常重视，则以后对他的待遇将难以为继。只受一个人的"支配"（如我们通常所说的）是不安全的，因为这种情形表现出你的软弱，而使丑闻恶名易于传播，因为那些在主人面前不能谏诤或进言的人在主人背后将更乐于批评那些得宠的人，这样一来主人的荣誉也要受损失了。然而，受多人的影响是更坏的，因为这种情形使为主人者听从最后的一个进言者的话，而自己毫无定见，多次变更。采纳少数朋友的忠告永远是光荣的，因为旁观者常比当局者看得清楚，而峡谷更可以显高山。古人喜夸的那种友谊，世间是很少的，尤其在地位平等之人之间更少。世间所有的友谊都是在上位者与下属之间的，因为二者的荣辱休戚是联系在一起的。

❓ 感悟·思考

作者认为"从者"应该选用什么样的人才作为"从者"这一角色？根据第一自然段，用自己的话说一说。

论父母与子女 [精读]

🎋 名师导读 🎋

　　培根曾经结过婚，后在被免职的那一年离婚，他们没有子女。所以，培根笔下的《论父母与子女》像《论婚姻与独身》一样，没有太多的亲情体验，都是一些冷静的思索。然而，他对自己父母的亲身感受还是会反映在文章里，本文的第一句话就是他对父母的亲身感受。

　　父母的快乐是秘密的，父母的忧愁与恐惧也是秘密的。父母不能说出心里的快乐，也不愿说出恐惧和忧愁。子女使辛劳变得甜蜜，也使痛苦不幸变得更苦，子女增加对生活的忧虑，也淡化父母对死亡的记忆。

　　生生不息，代代相传——这是人类与动物的共性，但是记忆、美德、高尚的事业——这些为人类所专有。人们一定看得到，最高尚的基业是没有子女的人建树的。他们生前一直追求表现自己的精神形象，而他们的肉体形象没有能够表现，所以，没有后代的他们最关心后代。那些家业的开创者最溺爱自己的子女，他们不仅把子女看成自己种族的延续，也看成自己事业的继续，也就是既看成自己的子女，又看成自己的作品。

　　多子女的父母对子女常常存在偏爱，有时候这种偏爱是不好的，特别是母亲有这种情况。正如所罗门说的："一个聪明的儿子使父亲感到高兴，一个不光彩的

名师点评

阅读提示

　　"秘密"实际是父母对子女说不出、也不愿说的"爱心"。

我的点评

儿子使母亲感到羞耻。"在子女多的家庭里，人们会看到，年纪最大的一两个受到尊敬，年纪最小的成了纨绔子弟，而中间的几个，虽然似乎被遗忘，然而往往被证明是最好的。父母给子女零花钱和补助费表现吝啬，是有害的错误——这可以使子女变得卑贱、小气，使子女学会玩弄心计，使子女跟卑贱之流为伍，使子女掌管大量钱财时更加挥霍无度。所以，人们对子女，最好保持权威，而不是看住钱包。

人们（既指父母，又指老师与仆人）在小兄弟之间愚蠢地营造竞争气氛，这往往导致他们成年后兄弟不和，并且干扰他们各家。意大利人几乎不分自己的子女与侄儿侄女以及其他近亲，虽然侄儿侄女不是从自己的身体里出来，对他们仍然一视同仁，把他们看成同胞兄弟或同胞姐妹。说实话，由于血缘的关系，他们在天性上如此相似，以至我们看见侄子像他的伯父，或者像其他亲人，胜过他自己的父亲。

父母可以及时选择他们认为子女应该从事的职业与学业，因为子女儿童时可塑性最强，父母不可以过分致力于安排子女的未来，以为子女现在最愿意的就是他们将来努力去做的。诚然，如果子女有特殊的爱好或擅长，那么最好不要阻止。下面是一条金玉良言："选择最好的，培养成习惯，习惯成自然。"子女中，弟弟通常是幸运的，但哥哥如果被剥夺了财产继承权，弟弟就很少或者根本不可能是幸运的。

❗ 品读·理解

文章表面看似比较好懂，但它的含义深刻，并不容易理解。文章开头作者首先阐明了孩子给父母的影响，孩子会使劳苦变得甜蜜，但也会使痛苦和不幸变得更苦。孩子会增加对生活的忧虑，但也淡化了父母对死亡的恐惧等，接着主要阐述了父母如何关心、培养与教育子女（职业选择）的问题。其中，有不少有益的思想和见解可以借鉴。

❓ 感悟·思考

1.任何一个家庭总是少不了父母和孩子，而父母也对孩子百般呵护。在日常生活中，孩子会给父母带来怎样的影响？结合自己的家庭来说一说。

2.文中，作者阐述了对于孩子在不同的年龄父母应该怎样抚养教育的问题的观点，这些观点是怎样的呢？

论请托者

名师导读

　　还记得小学时的小伙伴生病了，请你帮他向班主任请假吗？还记得中学的时候，你正要去打球，同学却来到你家，请你帮他补课吗？你当时是怎么做的呢？如果那时你还年轻不懂得怎样妥善地做好这些事情，那么，看了下面的文章，相信你会有所收获的。

　　许多不良的事件及计划都有人担任，所以私人的请托是的确使公益腐化的。许多很好的事情是由存坏心眼儿的人担任的，我的意思是不止败坏的心眼儿，也包括狡猾的心眼儿在内，就是那种口头担任而心中并没有实行的意思的心眼儿。有些人答应了替人办某种请托的事，心里却并没有切实去替人办事的意思。但是一旦他们看见这种事情是别人的力量而有希望成功的时候，他们就极想得到那请托者的感谢之心，要使那人相信他们真替他办过事，或者得到一部分的报酬，或者至少在这件事情还没决定的时候利用那请托者的希望。有些人接受人家的请托，专为可以借此阻挠另一个人；或者借此为由可以扬某人之恶，等这些事情做到之后，那原来的所请所托之事的成败是他们毫不关心的；或者，就一般言之，这些人之所以答应替别人办某项请托之事不过是利用别人的事为自己的事作一种过渡的桥梁而已。甚至还有些人答应替人办事，而满心要这事不成，为的是这么一来可以取悦于那人的仇敌或竞争者。无疑地，在每种请托之中总不免有是有非的：如果是为争讼的请托，其中必有曲直之别；如果是图升迁的请托，其中必有才与不才之别。假如一个人因为受了感情的驱使而在诉讼之中偏向不直的一方，那么，他最好利用他的影响为两方和解，而不要把事做到尽头。假如一个人因为受了感情的驱使而在仕途中偏向较为不才的一方，那么他最好不要为了提拔这不才的一方，遂制造恶言，毁损那较为有才而值得升迁的人。

遇到自己不很懂得的请托之事，最好去请教一位忠实而有见识的朋友，这个朋友可以说出来究竟这种请托之事是做得做不得的。但是这种顾问须要审慎选择，否则要受骗的。有所请托的人受了迟延和欺骗，必深恶痛恨，因此，如果在初次来请求的时候就明白告诉他说你不愿意办这件事，又如果替他办事，在事情进行的时候把实情告诉他而不加粉饰或夸张，在事情成了以后除应得的报酬以外不再需索，这样的举动现在竟不止是正当的而且是很应感激的了。在请求恩遇之中，原先来请求应该是没有什么关系的，有一点关于这人对我们信任的事，却不可不留意。就是，假若这人告诉了我们一种消息，这种消息除了他，我们是无从由别的方法得到的，那么，我们就不可白白地利用人家的消息，而应当给他一种报酬，并且给予他自由，让他设法走别的门路去图谋他所求的事情去。不知他人所求的事物的价值者是不智的，一如不知谁应该得到那所求的事物者之为无良。

在请托之中做事机密是成功的一个很好的方法：因为自行声张说某项请托进行得如何如何顺利，虽可以挫某种旁的请托者的锐气，但是也会刺激并引起另一种请托者的。但使所请托之事适得其时，那才是主要的。所谓得时者，所取的时间不但是要合乎你所希望的将要准你的请托的人，而且要能使你自己免去他人从中破坏阻挠的危险。在选择替自己办请托之事的人的时候，最好选用那最适宜于那种事的人而不要倚仗那最有力量的人，选用那专办某种事的人而不要用那些包揽一切的人。如果一个人初次的请托被拒绝了，而他既不沮丧也不愤懑，那么，他下次再有所请的时候其所得的补偿将与初次所请的一样的好。"所请逾量，为的是所获可以适量"是一条好规则，假如一个人是得宠的，否则最好渐渐地提高自己的请求，因为假如一个人初次来向我们有所请求，我们也许会拒绝他的。但是假如他已经从我们这里得过许多好处，那么以后我们就不大愿意拒绝他，因为怕既失这个人的好感与拥护，又抹杀旧日对他的好处。通常以为向一位大人物求一封荐书是最容易不过的请求，然而，假如写这封信的理由是不正当的，对于写信的人的名誉也很有损害。再没有比如今这些替人奔走，包揽请托的人更为恶劣的了，因为他们是一种妨害公务的毒药防疫而已。

❓ 感悟·思考

　　1.作者认为很多事情之所以没有达到目的，问题就出在请托者的身上，所以作者提醒我们想请托时，首先要熟悉请托者的人品问题。尽管如此，各种请托之中也免不了有是非，这时候作者认为应该怎样去做？

　　2.如果我们受人之托所办的事恰好是我们不很在行的事，作者认为怎样做是比较妥当的？用你自己的话来说一说。

论党派

〖 名师导读 〗

党派，这个词离我们似乎有些遥远。许多人认为，治国之道就在于平衡对立党派的利益。也有人认为，与这种说法正好相反，政治的艺术是超越党派的私利而促进大家的共同利益。你是怎么看待这个问题的呢？

许多人有一种不理智的意见，就是人君治国，要人治事，其政策之大要，在乎照顾各党各派的利益与愿望。然而，道理与此相反，最重要的大智乃在如何善为规划有关大众的、使人们虽有党派之别而不能不一致赞同的事务，否则就在于如何与私人个别地用适当的手腕进行交涉。但是，我并不是说党派是可以忽视的。出身低贱的人，在他们往上升的过程中，是非有所依附不可的，但是贵显而本身有力量的人，最好是保持一种无偏无党的、中立的态度。然而即在初入仕途的人，虽不免有所依附，最好是依附得很温和，要使自己成为本党本派中最能惬他党他派之意者，如此他的升迁之路大概是最为顺利的。较为低微、力小的党派是团结最坚的，我们常见有些坚强不屈的少数人和较为和缓的多数人相持而终于把那些多数人折服了。党派之中的一党一派倒了的时候，那剩下的另一党或派就要自行分裂了。例如，卢库拉斯和罗马参议会中的其他贵族的那一党（就是他们叫做"贵族党"的）曾与庞拜和恺撒相持一时，但是参议会的威权被打倒了之后不久，恺撒和庞拜就分裂了。和布鲁塔斯与拉西亚斯反对的安东尼和奥克塔威亚努斯的那一党或派也曾一度团结起来，与敌人相持，但是布鲁塔斯和拉西亚斯颠覆之后不久，安东尼和奥克塔威亚努斯就分裂了。这些例子是属于战争方面的，但是在私人的党争之中也是一样的。因此，有许多次要的党员往往在本党分裂的时候成为主要的人物，但是他们也往往成为虚数而被弃置，因为许多人的力量是在斗争上的，一旦所与争的对方被消灭了，这些人也就没有用处了。

常见许多已遂所欲的人们与自己借以进身的本党的反对党联络一气：这些人的意思也许以为那头一个党派是已经抓稳了的，而现在是收买一个新党的时候了。叛党的人常易于成功，因为当事件相持，久而不决的时候，要能得到一个人的力量就可以决胜负，而这个人也就把一切的感激报酬都得去了。在两党之间守中立不一定永远是由于态度温和的缘故，有时也是出于自利，为的是好利用双方，以达自己的目的。在意大利，当教皇们嘴里常说"众人之父"这几个字的时候，人们对这些教皇总是有点怀疑，认为由此可以看出来他们有意在一切事上都以自己的家族的尊荣为前提。为帝王者必须小心，不可偏向一方，以致俨然变成某党某派的党徒，国内的党派总是于王权不利的：因为这些党派常向党员要求一种义务，这种义务简直和人民对君主所负的义务差不多，并使君主成为"我辈之一"，如法兰西的"神圣同盟"中所可见者是也。党派之争过高过烈的时候，就足见人君之软弱，这种情形并且是于他们的权威和事业很不利的。在人君之下的党派的运转就应当如天文家所说的下级行星的运转一样，这些行星虽可以有自己的"私动"，然而，仍应当安静地受第九重天的更高的动律的支配。

❓ **感悟·思考**

1. "许多人有一种不理智的意见，就是人君治国，要人治事，其政策之大要，在乎照顾各党各派的利益与愿望"，这几乎是很多人认同的观点，作者赞同这个观点吗？如果不赞同，作者的观点是什么？

2. 作者引用卢库拉斯和"贵族党"与庞拜和恺撒相持一时的故事是为了说明什么观点？在文中用横线画出来。

论消费 [精读]

名师导读

　　说起消费这个话题，大家都不陌生，我们每个人每天都在消费。有的人厉行节俭，节衣缩食，有的人属于"月光族"，分文不剩。而对于消费，你怎么认为呢？

　　财富的用处是消费，而消费的目的是为了光荣或善举。因此，特别的消费当以其原因之价值为度，为了国家，和为了天国一样，也可以自甘贫乏的。但是普通的消费则应当以一个人的财产为度，并且要管理得宜，务使消费不要超出收入，并且要勿受仆役的欺骗，还得观瞻极佳，务使实付之款比外人的估计为少。无疑地，假如一个人仅仅要出入相当，不至贫乏的话，他日常的支出也应当仅及他的收入的一半；若是他要变为富有的话，那他的支出就应当只有收入的三分之一。即使很大的人物而躬自检点自己的财产也不算是一件自卑自贱的行为。有些人不肯如此做，其原因不仅是大意，也有因为恐怕检点的结果发现自己已经破产而生烦恼者。但是如果身体上有了创伤，不检验是不会好的。那完全不会检点自己的财产的人必须要用人得当，还得常常换他们，因为新用的人比较胆小而计谋少一点。那不能常常检点他的财产的人应当把出入的一切数目都规定了。

　　一个人如果在某一项上消费多，则他必须要在别的

名师点评

阅读提示

　　作者针对三种不同的情况对消费有不同的态度和做法。这些建议对今天的中国家庭仍有参考价值。

阅读提示

　　作者对偿还债务也做了详细的阐述，这些建议不妨记一记，相信对你以后会有帮助的。

我的点评

一项上节省。例如，他在吃喝上爱花钱，那么他就应当在衣着上节省；要是他在住屋上爱花钱，他就应当在马厩上节省，因为在每一项上都花钱很多的人是难免堕入逆境的。

　　一个人在清偿债务的时候，如果过于求速，要一举还清，也会和久欠不还一样有害的。因为急于求售和多欠利息是一样地不利。再者，一举而还清了债务的人是会又走入借债的路上去的：因为他一旦忽然发现自己没有债务的困难的时候，就会故态复萌的。但是，那一点一点地还清债务的人借此可以学会一种节俭的习惯，他的心理和他的财产将同受其益。有财产需要补救的人是不能轻视小节，这是一定的。并且，就一般而言，与其卑躬屈节以求小利还不如减少零星的花费较为得体。一个人的经济负担如果是一开始就要长久继续下去，那他就要很小心，不可贸然承担，但是在那些只有一次没有下次的消费上，则不妨较为大方一点。

❗ 品读·理解

　　作者认为如果消费是为了捐献给国家或救济穷人，那是很荣耀的事了。而一个人如何消费凭他聪明、诚信、机遇获得的财富，更能反映他们的人品。培根是站在"中产阶级"的立场上对不同的家庭情形该如何消费作了简单的阐述，对今天的我们也很有启示意义。

❓ 感悟·思考

　　1.作者对于消费持什么态度？与时下流行的超前消费观点是否相同？文中哪些句子或自然段论述了作者的这一观点？

　　2.细读文章后半部分，在消费方面，从中你可以看出培根是怎样的一个人？用自己的话说一说。

论礼节

🐝 **名师导读** 🐝

　　礼节规范了人与人打交道的方式，告诉人们应该如何表示对他人的尊重，重要的是它可以帮助人们发展彼此的人际关系。多年以来，礼节也随着社会和科技的发展而不断改变。

　　那完全靠着本身的真价值的人，必须有很大的才德才行，就好像那不要衬托而镶起来的宝石必须是很宝贵的才行一样。但是假如一个人肯好好注意的话，他就可以看到在赞扬称许之中其情形也和生财取利是一样的，因为，这个成语是真的，就是"小利可以生大财"，因为小利来得很繁，而大利则偶尔来一次。同此，小小的举动常得大大的称许，因为这些小举动是常有而且常为人所注意的，而任何大才德得以自现的机会则如同节日一般，是很少的。因为这个缘故，一个人若有好的仪容，那是于他的名声大有裨益的，并且，正如女王伊萨伯拉所说，那就"好像一封永久的荐书一样"。要得到好的仪容，只要不藐视他们差不多就行了，因为一个人只要不藐视仪容，他自然会从别人身上留心观察这些事的，其余的让他自己相信自己就行了。因为假如他过于做作，要表现好的仪容，那他就要失去仪容的优点，这种优点就在于自然、无伪。有些人的举动好像一行诗，其中的每个音节都是数过的，这样一个过于分心在小节上的人如何能理大事呢？全不讲求礼仪就等于教别人也不要讲求礼仪，结果使人对自己减少尊敬之心，尤其是在与生人交往或办理正事的时候更不可不讲礼节。但是专讲礼节，并且把礼节推崇到比月亮还高的地位，那不但是繁冗可厌，而且要减少人家对言者的信任了。当然，在辞令之间有一种表达切实动人的言语的方法，假如一个人能够获得这种方法，那是特别有用的。

一个人在侪辈之中一定也可以得到亲密的关系，因此，要矜持一点才好。在下属之间一定可以得到尊敬的。因此，亲密一点好。任何事情里头都有他，以致惹人厌倦的人是自轻自贱。拿自己的力量去替人办事是好的，只要显出我们这样做的动机是出自对某人的尊重，而并非因为天性如此就行了。通常在赞同别人的话的时候，却要附加一点自己的话。例如，你赞成他的主张，可是要稍有分别；你愿意附议他的动议，可是要带点条件；你赞成他的议论，可是你自己还要加上点别的理由。人们需要注意，不可过于擅长恭维，因为如果这样，则无论他们在别的方面是怎样能干，嫉妒他们的人一定要加以善谀的恶名，为他们的大德之所累。在事务中过于多礼或者过于注重日常小节也是有损的。所罗门有言："看风的人将不能下种，看云的人将不能收获。"智者创造机会。人们的举止应当像他们的衣服，不可太紧或过于讲究，应当宽舒一点，以便于工作和运动。

❓ 感悟·思考

1. "有些人的举动好像一行诗，其中的每个音节都是数过的，这样一个过于分心在小节上的人如何能理大事呢？"这句话在表达上有什么特色？

2. 文章最后几个自然段似乎并不是在讨论礼节，而是在讲怎样与人交往，从中你得出哪几个与人交往的窍门呢？

论司法

名师导读

"一次不公正裁判的罪恶甚于十次犯罪。因为犯罪污染的只是水流，而枉法裁判污染的却是水源"，这就是培根《论司法》中最经典的一句。而本文一度被人们认为是培根的判词，这对培根来说无疑是一种讽刺。

为司法官者应当记住他们的职权是jusdicere而不是jusdare，是解释法律而不是立法或建法。如不然者，则司法官之权将如罗马教会所争为己有的权一样了。罗马教会是假借《圣经》之名，不惜加以添改，并且把《圣经》中找不出来的法则定为律条，宣之天下，并且伪造古貌，创立新法。为法官者应当学问多于机智，尊严多于一般的欢心，谨慎超于自信。犹太律说："移界石者将受诅咒。"把界石挪动的人是有罪的，但是那不公的法官，在他对于田地产业错判误断的时候，才是为首的移界石者。一次不公正的裁判罪恶甚于十次犯罪。因为犯罪污染的只是水流，而枉法裁判污染的却是水源。所以，所罗门说："义人在恶人面前败诉好像浊浑之泉，弄浊之井。"司法官的职权于诉讼者，于辩护士，于属下的官吏，于自己以上的君主或国家都是有关系的。

第一，先说诉讼的双方。《圣经》上说："有的人把审判之举变为苦艾。"确实也有把审判之事变为酸醋的人，因为不公平的判断使审判之事变苦，而迟延不决则使之变酸。一个法官的主要职责是灭除暴力与诈骗，这二者之中暴力在明目张胆地横行时恶毒较著，而诈骗则于秘密掩饰的时候特别险恶。二者之上可再加上好讼者的案件，这种案件是应该当做阻塞法庭的东西而吐弃之的。为法官者应当为公平的判断作一种准备，这种准备应当如同上帝对于他的路的准备一样，就是要填高溪谷、削平山陵，所以在两造的任何一方，若有强力、暴虐、巧计、结徒、奥援、善辩的情形出现，在那个时候为法官者若能使不平者得其平，使他自己的判断得以公平作为基础，那就可见其才德了。"扭鼻子必出血"而压榨葡萄汁的机器若是用力过猛，其所出的酒必是涩的，而且带着葡萄核的味儿。为法官者必须留神，不可深文周纳，故入人罪，因为没有比法律的苦恼更恶的苦恼了。尤其在刑法事件中，为法官者应当注意，毋使本意在乎警戒的法律变为虐民之具。他们也应当注意，不可把《圣经》上所说的那种雨（"他要向他们降下网罗之雨"）带来，因为刑事法律行之过于严厉，即等于在人民身上降下网罗之雨。所以刑律之中若有久已不行或不适于当时者，贤明的法官就应当限制其施行："司法官的职责，不仅限于审察某案的事实，还要审察这种案件的时间及环境……"在有关人命的大案中，为法官者应当在法律的范围内以公平为念而毋忘慈悲；应当以严厉的眼光对事，且以悲悯的眼光对人。

第二，关于辩护士及法律顾问等。耐性及慎重听讼是司法官职务之主要的成分之一，而一个哓哓多言的法官则不是一件和谐的乐器。一个法官把他在适当时期内从律师听来的事情首先发言，或者把见证或辩护士的说话截断得过早以表示自己之敏察，或者用问题（即使是与案件有关的问题）把以后两造将要陈述的事实先期勾引出来，这都不足以为能。法官在审理案件之中的职分有四：审择证据；约束发言毋使过长、重复及泛滥；重述、选择，并对照已发言论；指示批判的准则。凡有超过这些职分者即是过多，而这种情形不是出自炫耀多言，就是出自不耐听讼，不然就是因为记忆力不佳，再不就是缺乏沉着公平的注意力。辩护人滔滔善辩多能得法官的欢心，这种情形看起来是很奇怪的，为法官者应当效法上帝（上帝的座位是他们坐着的），上帝是抑强暴而扶温良的。但是因法官而出名并且得到法官宠爱的律师，那是更可怪的，这种情形是一定会引起苞苴之说的嫌疑的。在辩护士因为某一发言得宜，办理案件很得当的时候，为法官者对于该辩护士有一种责任，理当有称扬赞颂的话，尤其是那一边讼而不利的时候为然。因为如此便可以使委托者对于辩护士信用不坠，而且使他那自以为是的意见受些挫折，同此，若逢辩护士有诡辩、重大的疏忽、证据过弱、追求无度，或强词夺理的情形，则为法官者对于公众也有一种责任，理当给那个辩护士一种合理的斥责。为辩护士者也不可与法官舌剑唇枪，或者自己激动地在法官宣判之后重提这件诉讼。但是，在另一方面，为法官者也不可迁就辩护士，或给他所代理的造一种口实，说他的辩论或证据未得上达。

第三，我们谈到吏役。律法所在之处乃是一种神圣的地方，因此，不但是法官的坐席，就连那立足的台、听证的围栏也都应当全无丑事贪污的嫌疑才好。因为，的确（如《圣经》上说的）"从荆棘之中是采不来葡萄的"，从那些贪馋的吏役的荆棘丛中公道也不能结出美果来的。法庭的吏役是易受四种恶势力影响的：第一是包揽诉讼，挑拨是非，使法有充塞之患而国家受贫乏之累的人；第二种人是那些把法院卷入职权之争的人们。他们并非是"法院的朋友"而是"法院的寄生虫"，因为他们把一个法院鼓动得茫然自大，超越限度，而所为者却是自己的小利与益处；第三种恶势力就是可以叫作"法院的左手"的那些人，即是那些狡黠而多谋，能阻挠法院的正当程序，并把公理引入邪径与迷阵之中的人们；第四种就是那些收揽并敲诈费用的人们。通常把法院比作矮树丛，一只羊在暴风雨中逃向其中以求安全的时候，总是免不了损失一部分羊毛的。有了上述的这一种人，就足以证明这个比喻之不诬了。在另一方面，一位多年的老吏，熟悉律例，做事审慎，通晓法院之事务者乃是法院的一个极好的助手，并且常常会给法官本人指引一条道路。

第四，关于主上与政府的方面。为法官者务必要记住罗马的十二铜标的结语："人民的幸福即是最高的法律。"并且要明白法律若不以达到上述的这句话为目的，则不过是一种苛求的东西，是未受灵感的谶语。因此，为人君者和执政者若常与司法官商议而司法者常与人君和执政者商议，则是一国之幸：前者就在法律于国家的政务有碍的时候，后者就在国家的政务于法律有碍的时候。因为往往因之兴讼的事件也许是你你我我的私人事件，而这种事件的原理和影响则要涉及国事。所谓国事，不仅是有关王权的事，并且包括任何引起大变革或造成危险的先例，或者是显然有关任何大部分的人民的。再者，谁也不可糊里糊涂地相信，公平的法律与真实的政策之间有任何的对立性，因为这两个好像精神与筋肉，是共同动作的。司法官们也应当记住，所罗门王座的两边是由狮子们支持着的：他们虽然是狮子，但是也是坐王座的狮子，就是说要小心在意，不可阻挠或违反王权的任何一点。为法官者也不可能不知道他们自己的正当权利而以为他们的职务并不包括这主要的一项，就是贤明地行法施法。因为他们也许记得圣徒保罗关于比他们的律法更高的一种律法的话："我们知道律法原是好的，只要人用得合宜。"

❓ 感悟·思考

1. "一次不公正裁判的罪恶甚于十次犯罪。因为犯罪污染的只是水流，而枉法裁判污染的却是水源"，这句话强调了什么的重要性？

2. 作者是从哪四个方面来论述"司法制度和法官职业"的？

论怒气

名师导读

　　人们发怒是不可避免的，当遇到伤自尊和人格的情况时，每个人都有可能发怒，这是很正常的。易发怒的人既害己又伤人，因为人的情绪是会相互感染的。在这一点上，作者培根给我们敲响了警钟。

　　要想完全消灭怒气，不过是画廊派的一种夸张之辞。我们是有较好的指示的："生气就生气，却不要犯罪。不可含怒到日落。"

　　怒气必须在程度和时间两方面都受限制。我们现在先说发怒的天性和习惯如何可以调剂和缓。第二，再说怒气的特殊动作应如何压抑，或至少如何使它免于为害。第三，再说如何使别人发怒或息怒。

　　关于第一点，没有别的法子，只有好好地沉思细想怒气的结果是如何扰害人生的。最好的做法就是在怒气已息之后回想当时的情形。塞奈喀说得好："怒气有如下坠之物，把自己粉碎于所降落的东西之上。"《圣经》教我们"要以耐性保持我们的灵魂"。无论何人，若是失了耐心，就是失了灵魂。人们决不可变成蜂，"把他们的生命留在所螫的伤口之中"。

　　怒气确是一种低贱的品质，因为它善于在它所管辖支配的那些臣民的弱点中出现，这些人就是儿童、妇女、老年人、病人。因此，人们务须注意，如果不免于生气的时候，须要使怒气与轻蔑连在一起而不可使它与恐惧之心连在一起，这样他们就可以好像在所受的伤害之上而不在其下了。这是一种容易办到的事，只要一个人肯在这件事上给自己定一种律条就行了。

　　关于第二点，怒气的主要原因与动机有三：第一就是过于易感伤害。因此，纤弱细致的人一定是常常生气的，有许许多多的事情可以使他们受刺激，而这种事情在天性较为健壮一点的人是不很感觉到的。其次，一个人在所受的伤害中，发现或者认为有满含轻蔑的情形，也是容易导致的，因为轻蔑之心是使怒气锐利的，好像比伤害的本身还要厉害一点。因此，人们若是善于发现轻蔑的情形，他们是很容易生气的。

最后，如果一个人认为他的名誉受损的时候，这种意见也是会增加并加重怒气的。在这个情形之中，最好的调剂之道是如康萨弗常说的，一个人应当有一种"绳索较粗的荣誉网"。但是在所有的抑怒之道中，最好的调剂术是延长时间，并且要使自己一个人相信，他报复的时机尚未来到，但是他可以

预先看见一个将来的好机会，如此他就可以在这个机会尚未来到的时候静默等待。

若要使一个人生气而怒气不招致祸患，有两件事情不可不特别注意：一是极端愤懑的语言，尤其是尖刻而涉及个人的语言，因为"骂世之言"是无关紧要的。在怒气之中也不可泄露秘密，因为在怒气中泄露秘密之举是使一个人不适于群居的。其次，在事务中，不可于一阵怒气之中，把事务首先决裂了。反之，无论你怎样表示愤懑，也不要做出任何无法挽回的事来。

至于使别人发怒或息怒，这种事情的做法主要在乎选择时间，要在人们最急进或心境最坏的时候激恼他们。又一种办法是如上所述，把你所能找出来的事情都搜集在一起以加重对那人的轻蔑。息怒之方则与此相反。其一，与人初次提及某种可恼之事的时候要选择好的时机，因为初次的印象是很重要的；其二，就是要把一个人对伤害的见解尽量与他的受轻蔑之感分开，把这种伤害归于误会、恐惧、热情或其他任何事项都是可以的。

❓ 感悟·思考

1.作者主要从程度和时间的限制两方面来论述怒气，然后又分为三个方面，其中第二个方面是什么？作者又是怎样论述的？

2.如果想使一个人生气但怒气不至于招致祸患，需要注意哪两个特殊情况？用自己的话简单地说一说。

论勇敢 [精读]

名师导读

老板招聘雇员，有三个人应聘。老板对第一个应聘者说："楼道有个玻璃窗，你用拳头把它击碎。"应聘者执行了，原来那不是一块真玻璃！老板对第二个应聘者说："这里有一桶脏水，把它泼到清洁工身上，她此刻正在楼道拐角处那个小屋里休息。"这位应聘者提着脏水找到那间小屋，把脏水泼在她的头上，回头就走，向老板交差。老板此时告诉他，坐在那里的只是个蜡像。然后对第三个应聘者说："大厅里坐着个胖子，你去狠狠地打他两拳。"这位应聘者说："对不起，我没有理由去击打他，即便有理由，我也不能用击打的方法。我很抱歉不能那么做，就算你不录用我！"此时，老板微笑着宣布，第三位应聘者被聘用。老板选择他的理由是：他是一个勇敢的人，也是一个理性的人。那么，培根关于勇敢的观点与此是否相同？

有人曾问希腊雄辩家德摩斯梯尼："什么是一个演说家最重要的才能？"他回答说："表情。"又问："其次呢？""表情。""再次呢？""还是表情。"这个故事也许人人皆知，但还是发人深省。

德摩斯梯尼是个演说家，对于他如此推崇的才能——表情，却未必擅长。但他为什么把"表情"看得这样高，以至压倒了其他一切（如吐字明快、语言独创等）？乍看起来真是怪事，但只要深思一下，就会悟出道理。人类的本性中是愚昧多于才智，而做作的表演则往往能打动观众的心，这正是利用了人性的愚蠢。

与此很相似，如果问："在政治中最重要的才能是什么？"

名师点评

阅读提示

文章以一个有趣的小故事开篇，引起人们关注，同时，使文章增加了趣味性，避免过于枯燥。

名师点评

阅读提示

大胆在某种程度上是鲁莽狂妄的，而这种大胆又是可怕的。

写作借鉴

在这里，作者用了举事例的方法，形象说明了搞政治的人"给人治病靠的不是学识而是侥幸"。

我的点评

那么回答是：第一，大胆；第二，大胆；第三，还是大胆。

尽管大胆常常是无知与狂妄的产儿，但总能迷惑并左右世上许多愚人。甚至这种狂妄的盲勇有时还能唬住某些智者——当他们意志不够强的时候。

在民主制度下，政治上的大胆能创造奇迹，但在专制或君主制度下，就很难如此。盲目的勇气是不能信赖的，它总是在不知其后果的可畏者那里最强，否则就要消失了。在政治上颇有一批江湖术士，他们给人治病靠的不是学识而是侥幸。

这种人办事往往像穆罕默德呼叫大山：穆罕默德曾当众宣布他能把一座山召唤到面前，人们就都来了，他对那座山发了一次又一次命令，山却依然屹立不动。结果，穆罕默德只好说："既然山不肯到穆罕默德这里来，那么就让穆罕默德到山那里去吧！"同样，那些政治上的江湖术士们，当他们大胆预言的奇迹破产时，大概也会采用这种办法的。

对于饱经世事的人，常把这种无知的大胆者看作笑柄。其实，既然荒谬就是可笑，那么无畏无忌的狂妄者，总是很少能避免荒谬的。最可笑的事莫过于一个吹牛皮的狂人被拆穿了。这种人不懂，一件事即使很有把握，还是要留下一点进退的余地为好。这种人办事，就好比棋的僵局，即使没有输，也无法再走下去。我们要注意，勇敢常常是盲目的，因为它看不见隐藏在暗中的危险与困难。所以，有勇无谋者不宜担任决策的首脑，却可以做实施的干将。因为在策划一件大事时必须能预见艰险，而在实行中却必须无视艰险，除非那危险是毁灭性的。

❗ 品读·理解

　　人们对死亡还是有很大的恐惧的，害怕死亡。人终究会被"死亡之神"带走，所不同的是对待死亡的态度。坦然面对死亡，甚至走向死亡，有时也是英雄行为的表现。文章主要论述了勇敢的作用和意义。

❓ 感悟·思考

　　1.文章主要运用了哪种或哪几种论证方法来说明"勇敢"这个话题？从文中找出一个恰当的例子。

　　2.导语中第三个应聘者表现出来的勇敢与培根文中所阐述的勇敢是否相同？如果不同，区别在哪里？

论变易兴亡

❧ 名师导读 ❧

　　古希腊的哲学家曾说过："人不能两次踏入同一条河流。"你知道这一句话反映了什么道理吗？这句话其实说明这样一个道理：世界上的任何事物都处在永不停息的变化发展之中。新生的事物总会取代旧的事物，这是一个千古不变的真理。无论什么事物变革兴亡都是遵循它们的发展规律的。

　　所罗门说："世上没有新的事物。"同此，柏拉图也有一种见解，以为"一切的知识都不过是回忆"。同此，所罗门又发表他的意见说："所有的新鲜事都不过是遗忘了的事而已。"由此可见，利司河不但在地下流，在地上面也流。有一位玄妙的星命学家说："要不是有两件东西是固定的（一件就是天上的恒星是永远居于固定的距离，永不走近，也永不走远的；另一件就是诸天绕地的每日转动是永远守着一定的时刻的），世上就没有一件东西会支持一刻之久的。"凡物都是在不停地变化之中，永无停歇，这是的的确确的。那掩埋一切的大殃衣有两种：洪水与地震。至于大火与大旱，他们是并不能完全消灭人群或物类的。费唐的车不过跑了一天。还有那以利亚时代的三年之旱也不过是限于一域，而未能全灭人民的。至于那西印度常有的天火，他们也是范围甚狭的。但是在别的那两种毁灭——洪水和地震中，还有可注意的就是那幸而得救的遗民多是无知识的山居之民，他们关于以往是没有任何报告的，所以许多人或事都湮灭遗忘，那种情形就和一个人也没留下是一样的。如果你对于西印度的人民详加研究，大概他们是一种比旧世界中的民族较新、较幼的民族。而以前在该地曾有的毁灭大概也不是由于地震（如埃及僧侣关于阿提阑提斯岛告诉索伦的话，说该岛是在地震中被海吞下去的），而是被当地的洪水所灭的。因为地震在那些区域中是不常见的。但是，在另一方面，他们却有倾泻的大河，大得使亚、非、欧三洲的河流与之比较起来简直有如小溪。还有他们的安第斯山也比我们的山高得多，由此大约可想见有一部分人类是在洪水中幸免的。至于马基亚委利的评语，说是宗教派别的互嫉是古事被人遗忘的一大原因之一，并诽谤格瑞高瑞一世，说他曾尽力毁灭一切异教的古昔文物，关于这个我却不曾发现这种的狂热能产生什么大效果或者能延续多久，就如萨比尼安的继承一样，他登位之后，就又恢复古代文物了。

诸天界的变易不是本文所应讨论的。如果这个世界能延长那么久的话，柏拉图的"大年"也许会生效，这种功效不在乎把人们个个都返魂复生（因为这种说法不过是某种人的妄想，这些人以为天体于人间的这些亨情上有比实际更细密的影响），而在乎使世界大体重新。同此，彗星对于事物之大体的确是有力量有影响的，但是对于一般彗星，多不过是仰而望之，并注视他们的行程，而不善于观察他们的影响，尤其是不善于观察他们的分门别类的影响，就是什么样的彗星，大小如何，颜色如何，光芒的方向如何，在天空中的位置如何，出现的期间如何，发生什么样的影响。

曾经听过一种无甚重要的说法，这种说法我不愿人们遽尔弃置，而愿意人们对之稍加注意。据说在荷兰国（我不知道是荷兰的哪一部分），有一种说法，说是每经三十五年，同样的、同次序的年成和天气又要重来，如严霜、大涝、大旱、暖冬、凉夏一类的事情皆是，他们把这种情形叫做"复始"。这个说法是我愿意相信的，因为我曾经追数以往若干年间的情形而发现有与这个说法相符之处。

我们现在且离开这些关于自然的事，而谈人事。人事中变易最大者无过于宗教派别之兴衰更迭。因为宗教派别，有如轨道之于行星一样是最能支配人心的。唯一真正的宗教是"建筑在磐石上的"，其余的则是漂浮在时间之波涛上的。所以，现在说新宗教兴起的原因，并对于这一点贡献点意见。不过，个人薄弱的见识能够延缓或阻挠这种重大的变更到什么程度，这个程度就是我所要贡献的意见的限度。

当那曾受一般人信仰的旧宗教为党派门户之争所破裂，当那个宗教的主持者德行堕落，丑事甚多，而其时代又是愚鲁无知而且野蛮的时候，若再有夸张诡异之人起而倡导，那么，你就可以预料有一种新的教派将要崛起了。穆罕默德宣布他的律法的时代，正是一个具备上述诸点的时代。如果一个新教派没有两样特性，你就不必怕它，因为它是不会传播的。这两种特性之一就是颠覆、代替，或反抗固有的威权，因为再没有比这种事更受一般人欢迎的了。其二就是许人寻欢取乐，贪淫纵欲。因为，那些在理论上标新立异的邪说（例如古时的埃瑞安派和现在的阿米尼安派），虽然他们对于人的心智有很大的影响，然而他们对于国家却不能产生什么大的变革，除非他们借助于政治上的扰乱。新教派的树立，其方式有三：或以异兆奇迹的力量，或以演讲劝诱之善辩与聪明，或以兵力。至于殉教的行为，我把它列入奇迹之内，因为这些行为好像是超乎人类天性的力量。对于特优至美，值得惊羡的圣洁生活，我也可以把它列入奇迹之内。若要阻止新教派的兴起，确实再没有比如下的方策更好的办法了：就是改良弊端，调和小的意见分歧，对新教派中人处之以宽而不用流血的压迫，并且用奖励擢升的办法把主要的首领收服过来，而不以暴力酷虐激怒他们。

主要的变易是在三种事情上的：在战争的地点或"舞台"上，在兵器上，在指挥作战的策略方式上。在古时，战事似乎总是由东至西的，因为波斯人、亚述人、阿拉伯人、鞑靼人（这些都是侵略者）都是东方人，高尔人是西方人，这是真的。我们所读到的他们的侵略只有两次：一次是到盖莱西亚，一次是到罗马。东方和西方并不是固定的地点，而战争的方向，我们也不能确定为自东至西或是自西至东。但是，南与北是固定的，并且远处南方的人来侵北方的人，这种事即非从来未有，也是很少见的。事实与此相反。由此可见，世界的北部是天然好战的区域，不论那是由于北半球的星宿，或者由于北半球的大陆——南部就现在所知差不多全是海洋——或者（这是最显而易见的）由于北方气候的寒冷，这种气候就是不假训练而能使人体力顽强，血气旺盛的。

一个巨大的国家或帝国分裂或颠危的时候，你就可以确知将有战事。因为庞大的帝国们在他们盛的时候，是把他们所征服的人的力量削弱或消灭而以自己的保卫力为倚仗的。到了他们败亡的时候，一切就都颠覆了，而他们也就成为鱼肉。罗马帝国的情形就是如此，日耳曼帝国在查理大帝崩后也是如此——每只鸟雀各争一羽，西班牙到衰败的时候大概也会遇到这样的情形的。类此，大国之获得和合并也是引起战争的：因为，一个国家发达到过强的时候，它就和洪水一样，一定会泛滥的。如罗马、土耳其、西班牙，皆可为鉴。观察世界的情形，当野蛮民族最少，而且所有的蛮族都是除非确有可以为生之道，则多不肯结婚或生育的时候（如今日差不多世界各处的情形皆是如此，鞑靼国除外），就没有人口充斥横流的危险。但是若有多数继续繁殖而不预筹生产自养之道的民族，那么在每一两代中这些民族必有一次要把本族的人口移植到别的国家去，这种事情古代北方的民族是常用抽签的办法决定的：他们抽签决定哪一部分人应当留在本土，哪一部分应当出外谋生。当一个本来好战的国家变得萎靡的时候，就一定会有人向之作战。因为这样的国家到了这种衰颓的时候多是变得很富的。因此，一方面这个国家的财富将诱别国与之作战，而另一方面其武力之衰颓也鼓励战争了。

至于兵器，那几乎是不能有所定论的，然而我们也可以看到他们是有时代、有变易的。因为在印度的奥克西掇克斯城早就有了大炮，这是的确的，这种大炮就是马其顿人所称为雷电与魔法的。并且中国人知用大炮已有两千年之久，这也是人所共知的。关于兵器的性质与改进可言者如下：第一，要能及远，这样就可以减少危险，这由大炮和毛瑟枪就可以看出来。第二，打击的力量要大，在这方面枪炮的力量又比一切的攻城器和古代的发明为大。第三，用起来要灵便。例如，要在任何天气中都可以用，搬运轻便，等等。

至于作战的方略，起初人们是过于倚仗兵数，以多取胜，并且主要是靠着武力与勇猛。他们预先约定扎营驻阵的地点，于平等的情形下决胜负（他们对于列营布阵是很不懂的）。后来他们就变得多倚仗精兵而不纯粹以多取胜，他们渐渐地懂得占地利，用巧计诱敌一类的事，并且在分配兵力的事情上也更灵活了。

在一个国家的少年时代，武事是最盛的；在它的壮年时代，学术是发达的；然后有一个时代武事与学术同时发达；在一个国家衰颓的时代，工艺与商业是发达的。学术也有儿童时代，那时它是萌芽而且一般是幼稚的；然后是它的少年时代，那时它是蓬蓬勃勃而有少年气的；然后是它的壮年时代，那时它是坚实有节的；最后是老年时代，它就变成干枯消竭了。但是对于这些变易的转轮看得太久是不好的，恐怕我们的头也要晕了。至于关乎这些事的记载，不过是一套循环的故事，所以是不适于在本文中论及的。

❓ 感悟·思考

1.人事中变易最大的可能就是宗教派别的兴衰或更迭了，究其原因是什么？

2.作者明确说明主要的变易是在三种事情上，这三件事分别是什么？用自己的话简要地说一说。

论贵族

〖 名师导读 〗

　　东方由于地理环境的差异，各地有不同的阶级制度。如日本皇室、朝鲜的两班贵族、中国的封爵制度、印度的种姓制度等。而西方贵族姓氏的标志是在名与姓之间的。

　　关于贵族，我们将先以之为国家中的一个阶级，再以之为个人的一种品质而论之。一个完全没有贵族的君主国是一个纯粹而极端的专制国，如土耳其便是。因为贵族是调剂君权的，贵族把人民的眼光引开，使其多少离开皇室。但是说到民主国家，它们是不需要贵族的，比较有贵族皇室的国家，通常是较为平静，不易有叛乱的。因为在民主国中，人们的眼光是在事业上而不在个人上的，或者，即使眼光是在个人身上，也是为了事业的缘故，要问某人之适当与否，也不是为了标志与血统的。我们看得到瑞士很能持久，虽然他们国中有很多宗教派别，而且行政区也不一致，这就是因为维系他们的是实力而不是对在位者个人的崇仰。荷兰合众国政治很优良，因为在有平权的地方，政治上的集议是比较重事而不重人的，并且人民对纳税交款也是较为乐意的，一个巨大有力的贵族阶级增加了君王的威严，可是减少了他的权力，使人民更有生气，更为活泼，可是，压抑了他们的福利。最好，贵族不要高出君权或国法之上，同时却要被保持在一种高位上，使下民想犯上的时候，那种桀骜之气，必得在过速地达到人君的威严以前，先与贵族冲撞，如水击石而分散其势力也。贵族人数众多则国贫而多艰，因为这是一种过度消费，并且，贵族中人有许多在经过相当时间后必然变为贫乏，结果在尊荣与财富之间将造成一种不相称的情形。

至于个人之身为贵族者——我们看见一座古垒或建筑物依然完好，或者一棵好树坚实而完美的时候，总觉得那是一种令人生敬的景象。如斯，要是见到一个曾经度过时间风浪的古老贵族之家，其可敬之甚较上述者又当多出若干。因为新的贵族不过是权力所致，而老的贵族则是时间所致。头一个升到贵族阶级的那些人多是比他们的后人富于才力而不如其纯洁的，因为很少有能够腾达而在手段中不是善恶交混的。但是这些人留给后代的记忆中只有长处，而他们的短处，则与身俱灭，这也是合理的。生为贵族则多半轻视劳作，而自己不勤劳的人还要嫉妒勤劳的人。再者，贵族中人不能再升到更高的地位去了，而那自己停留在某种地位而目睹他人上升的人是难免有嫉妒之念的。在另一方面，贵族身份能消灭别人对他们的那种消极嫉妒，因为贵族中人好像生来就应享某种荣华富贵似的。无疑地，为人君者，在他们的贵族中若有人才而能用之，则他们将得到安适，并且国事的进行也要顺利，因为人民会自自然然地服从他们，以为他们是生来就有权发号施令的。

❓ 感悟·思考

1.文中论述的新贵族与旧贵族有哪些区别与联系？根据本文中最后一个自然段用自己的话来说一说。

2.以一个国家中的贵族阶级来说，那些贵族有什么价值？能起到什么作用？以某一个贵族的品质而言，贵族又有哪些意义和作用？

论死亡 [精读]

名师导读

乍一听到"死亡"这个词，你是什么感觉？可能会全身一震吧？也仿佛一切戛然而止，连时间也定格在这一秒。人们畏惧死亡，是因为它代表着生命的终结。但看过培根笔下的《论死亡》后，也许你会对死亡有一个全新的认识和理解。

犹如儿童畏惧黑暗，人类对死亡的恐惧，也由于听信太多的鬼怪传说而增大。

其实，与其视死亡为恐怖，倒不如采取一种宗教性的虔诚，从而冷静地看待死亡——视之为人生必不可免的归宿，以及对尘世罪孽的赎还。

如果将死亡看作人对大自然的被迫献祭，那么当然会对死亡心怀恐惧。但是，在那种宗教的沉思中，也难免掺杂有虚妄与迷信。在一些修道士的苦行录中，可以读到这样的说法：试想一指受伤有多么痛苦！那么当死亡侵损人的全身时，其痛苦更不知大多少倍。实际上，死亡的痛苦未必比手指的伤痛更重——因为人身上致命的器官，也是感觉最灵敏的器官啊！所以，塞涅卡（以一个智者和一个普通凡人的身份）讲的是对的："与死俱来的一切，甚至比死亡本身更可怕。"这是指将死前的呻吟与痉挛，惨白的肤色，亲友的悲号，丧具与葬仪，如此种种都把死亡的过程衬托得十分可怖。

名师点评

阅读提示

文章开篇点明题旨，说明人对死亡的恐惧犹如儿童畏惧黑暗一般，形象生动鲜明。

我的点评

名师点评

阅读提示

通过一组排比句强调了人类能通过伙伴来克服对死亡的恐惧这一观点，这里的破折号有解释说明的作用。

写作借鉴

作者用举例子的方法论证了"死亡无法征服那种伟大的灵魂"的道理，使道理深入浅出，通俗易懂。

然而，人类的心灵并非真的如此软弱，以至于不能抵御和克服对死亡的恐惧。人类可以召唤许多伴侣，帮助人克服对死的恐惧——仇忾之心压倒死亡，爱情之心蔑视死亡，荣誉感使人献身死亡，哀痛之心使人奔赴死亡。而怯懦软弱会使人在死亡尚未到来之前心灵就先死了。

在历史中我们曾看到，当奥托大帝伏剑自杀后，他的臣仆们只是出自忠诚和同情（一种软弱的感情），而甘愿毅然从之殉身。而塞涅卡说过："厌倦和无聊也会使人自杀，乏味与空虚能致人于死命，尽管一个人既不英勇又不悲惨。"

但有一点也应当指出，那就是，死亡无法征服那种伟大的灵魂。这种人，直到生命的最后一刻，也始终如一不失其本色。

在奥古斯都大帝弥离之际他唯一关注的只是爱情："永别了，里维亚，不要忘记我们的过去！"

提比略大帝根本不理会死亡的逼近，正如塔西佗所说："他虽然体力日衰，智慧却敏锐如初。"

韦斯帕芗幽默地迎候死亡的降临，他坐在椅子上说："难道我就将这样成为神吗？"

迦尔巴之死来自不测，但他却勇敢地对那些刺客们说："你们杀吧，只要这对罗马人民有利！"随后他从容地引颈就戮。

塞佛鲁斯直到临死前所惦念的还是工作，他的遗言是："假如还需要我办点什么，就快点拿来。"诸如此类，视死如归，大有人在。

那些斯多葛学者们未免把死亡看得过于严重了，以至他们曾不厌其烦地讨论对于死亡的种种精神准备。而尤维纳利斯却说得好："死亡也是大自然赐给人类的恩惠之一。"

死亡与生命都是自然的产物，一个婴儿的降生也许与死亡同样痛苦。在炽烈如火的激情中受伤的人，是感觉不到痛楚的。而一个坚定执着、有信念的心灵也不会为死亡畏惧而陷入恐怖。

人生最美好的挽歌，莫过于当你在一种有价值的事业中度过了一生后能够说："主啊，如今请让你的仆人离去。"

死亡还具有一种作用，它能够消歇尘世的种种困扰，打开赞美和名誉的大门——正是那些生前受到妒恨的人，死后却将为人类所敬仰！

名师点评

写作借鉴

　　用拟人的修辞方法形象生动地来说明死亡的另一种意义，破折号后的句子是对前一句内容的进一步说明。

我的点评

阳光阅读

❗ 品读·理解

　　人们对死亡还是有很大的恐惧的，害怕死亡。人终究会被"死亡之神"带走，所不同的是对待死亡时的态度。坦然面对死亡，甚至走向死亡，有时也是英雄行为的表现。文章列举了很多历史典故来说明有些人敢于从容看待死亡，来阐述死亡的作用和意义。

❓ 感悟·思考

　　1.作者引用了很多历史典故来阐述死亡的作用和意义，读完全文，用你自己的话说一说死亡有哪些意义和作用？

　　2.读完本文，你一定有很多收获和启迪，那么，你对死亡有哪些新的认识和理解？和同学们交流交流，说说你的心得体会。

论谋叛与变乱

❦ 名师导读 ❦

诽谤和诋毁国家的言论屡屡不断而且肆无忌惮时，不利于国家的谣言到处传播，并且容易被人们相信，这些都是祸乱到来前的征兆。培根对此论述得更为仔细、明确，我们不妨来看一看。

牧民之人必须要知道国家中风波的征兆，这些风波在诸事将达平衡的时候最为剧烈，就好像自然界的暴风雨在将近春分、秋分的时候最为剧烈一样。并且，有如在一场暴风雨之前，有如大风和海波的暗涨一样，国家中也有这样的东西：他（太阳）常给警告，预示暗潮将发，并预示叛逆与潜袭即将来临。毁谤与无视法律，背叛国家的言辞，当它们是多见而且公开的时候。还有那些与之类似的不利国家，屡屡传播上下而易为人所信的谣言，这些都是祸乱将来的预兆。委吉尔在叙述谣言之神的家世的时候说她是巨人们的姊妹之一：

> 地母因恼怒众神遂生了她——
> 这是巨人族最后的一名——
> 可亚斯和安塞拉都斯的妹妹。

好像"谣言"是以往的叛谋之遗留似的，但是谣言也确实是将来之叛乱的前奏曲。然而，委吉尔所看到的也是对的，就是叛乱的举动和叛乱的谣言其间的差异甚少，有如兄弟之于姊妹，阳性之于阴性一样，尤其是在国家最

良好的举措，本是最值得称扬，应当得到最大多数的欢心的，然而竟被加以恶意的解释而受诽谤时为然：因为这是表明很大的妒恨之心的，如同泰西塔斯所说的一样："当政府不受欢迎的时候，好的举措和坏的举措同样地触怒人民。"但是因为这些谣言是变乱的征兆，遂以为用过分严厉的手段压制这些谣言就是一种止乱的方法，这也是不然的。因为蔑视这些谣言倒常常是最好的制止他们的方法，到各处去设法禁止他们反而使群疑延长。

还有泰西塔斯所说的那种服从是应当提防的。"他们虽是愿意服从的，但是乐于批评而不乐于服从长官的命令"。争论、自恕、对命令和指示加以吹求，是一种脱离羁绊的举动，一种叛逆的试验。尤其当在争论之中，主张服从者出言畏缩小心而反对服从者畅言无忌的时候也是如此的。

马基亚委利见得极是，他说那应当为民之父母的人君若自成一党偏向一方的时候，那就犹如一只因载重不平衡而倾覆的船一样。这在法兰西王亨利三世可以很明显地看出：因为他自己先加入同盟，要消灭新教徒，此后不久，这个同盟就转过来对付他本人了。因为人君的权威若被造成为仅仅是某一种目的的帮手，并且在君权的维系之上有束缚力更大的维系的时候，那就是做帝王者差不多要受驱逐的时候了。

再者，当冲突、互诟和党争，公开而肆无忌惮地进行的时候，那就是一种征兆，对政府的尊敬心已经消失了。因为一个政府里的大人物们的举动应当如老派天文学中所说的第九重天之下的诸行星的动作一样，就是每个行星受一种更高的动律的支配，很迅速地转着，而在自己的私动中则是很柔和的。因此，当大人物们在私动中动得暴烈，并且有如泰西塔斯的名言"其自由与臣道不符"的时候，这就足见天体是失了常轨了。因为"尊崇"是上帝以之维护人君的，而上帝警告他们的时候说是要解除的也就是这个"我也要放松列王的腰带"即指此也。

因此，当政府的四大柱石（那就是宗教、法律、会议和财政）之任何一个大受动摇或变为软弱的时候，人们就不得不祈祷上天赐予平和的天气了。但是我们现在且离开这关于预兆的一部分（然而关于这一部分在下文中也还可以得到点发明）而先说叛乱的材料，再说它们的动机，第三再谈防止之道。

关于叛乱的动机。这是很值得考虑的，因为最妥的预防叛乱的方法（假如时代允许的话）就是取消叛乱的动机。因为要是有了预备好的柴薪，那就说不定要使它们燃烧的火星子要从哪一方面来了。叛乱的动机有二：多贫与多怨是也。有多少破产者就有多少喜乱者，这是一定的。鲁侃对于罗马在内战前的情形说得极是！

从此来了噬人的重利，贪馋的利率奔向结账之日，从此，来了动摇的信用，和那于多人有利的战争。

这个"于多人有利的战争"就是一种确实无讹的征兆，表明一个国家将有叛逆和变乱。并且假如这种上流阶级的贫乏与破产和普通人民的穷困连在一起的话，那么祸患是近而且大的。因为肚子的作乱是最厉害的作乱。至于怨愤，它们在政治团体之中就犹如人的肉体中的体液一样，它们是会聚积一种异乎寻常的"火"而发炎的。为人君者切不可以这些怨愤之正当与否作为衡量这种危险之大小的标准，因为那样就是把一般人想象得过于合理了，而他们其实是常常会拒绝于自己有益的事物的。也不可以这个为标准——就是怨愤所自生的痛苦在事实上是大是小，因为有几种怨愤其中的畏惧之情远超痛苦之感者，这种怨愤是最危险的。"痛苦是有限制的，而恐怖是无限制的"。再者，在严厉的压迫之中，那激刺人的耐性的事物同时却也能制伏勇气，然而在恐怖之中则不如此也。任何君主或国家也不要因为怨愤虽常有或久有而并无危险发生，因此对之不加提防，固然每一股水汽或雾气不一定都能成为暴风雨，然而暴风雨，虽然往往会搅扰一阵就过去了，可是终究是大下一场的，西班牙成语说得好："绳子终究是要被最无力的拉扯弄断的。"

叛乱的原因和动机是：宗教改革、赋税、法律与风俗的变更、特权的废除、普遍的压迫、小人的擢升、异族的阑入、饥饿、散兵、趋于极端的党争，以及任何激怒人民使之为一种公共的目的而团结起来的事物。

关于叛乱的救济，有些普通的预防之策我们再说一说，至于专门的治疗，必须合乎特殊的病症。所以，这个不能由理论处理，而必须留给朝议。

　　第一种救治或治疗的方法就是尽其可能地把我们以上说过的叛乱之物质原因取消，这个物质原因就是国内的贫乏。要达到这种杜绝乱源的目的就应当采取如下的方法：便利并均衡贸易，保护并鼓励工业，禁除游荡，以节俭令制止消耗与浪费，改良并垦殖土壤，调剂物价，减轻贡赋，以及此类的方法。就一般而论，应当预先注意使国内的人口（尤其是没有受战争的斫伐的时候）不要超过国内养人的资源。又人口也不可仅以数目来计算，因为一个较小而消耗过于生产的人口比一个较大而消费低生产多的人口其破坏国家更为迅速。因此，贵族及其他官爵的人口增加如果超过了与平民的人口增加的正当比率，很快地就能把一个国家带到贫困的境地，僧侣过多也能如此，因为他们都是不从事生产的。同样地，人民之受教育者如果多过了可以养他们的官职的时候，也是如此。

　　类此，也应当记忆，就是任何一国的财富之增加既必须靠在外国人方面取利（因为任何事物有得之者即必有失之者）。那么，只有三种东西是一国可以售与他国的：天然的物产、人造的物品、运输。因此，若是这三个轮子轮转不息，则财富将如春水一样流通了。再者，事情往往如此，就是"工作胜于物质"，那就是工作和运输比物质更有价值，更能增加国富，如荷兰人就是很明显的例子，他们是全世界享有最良好的地面上的矿产的国家。

　　最要者，要妥筹良策，使国内的珍宝钱财勿入于少数人之手，如不然者，一个国家可以有很大的财富而仍不免于饥饿。金钱好似肥料，如不普及便无好处。要使它普及，主要就在禁止或严厉约束那些贪馋的生意，如高利贷、垄断、广大的牧场，以及此类的种种。

　　说到消除怨愤或至少消除怨愤的危险，我们知道每个国家里都有两种臣民：贵族与平民。在二者之中只有一种是心怀怨愤的时候，那危险是不大的，因为平民若没有上流阶级的挑拨，是动作迟缓的；而上流阶级，若群众不能或不准备有所举动的话，则他们的力量是不够大的。所以，当上流阶级等待着在下的民众起了骚动，以便明示他们自己的态度的时候那就是危险的时候。诗人们寓言说众神想把久辟特困缚起来，这种图谋被久辟特听见了，于是，从帕拉斯之计召百臂的布瑞阿瑞欧斯来帮助他。这无疑地是一种比喻，表明为人君者若能取得一般平民的欢心则是如何平安的。

予人民以相当的自由使其痛苦与不平得以发泄（只要发泄的时候不要过于不逊或夸张）是一种安全的方法。因为那压抑体液及使伤口的血倒流入体内的人是将有恶疡及险疮的危险的。

在与怨愤有关的情形中，埃辟迈修斯的所为是很适于普罗米修斯的，因为再没有比他的所为更好的预防怨愤之法。埃辟迈修斯在许多的痛苦与祸患飞到外面之后，终于盖上了盖子，把希望留在了箱子里。无疑地，得宜而巧妙地对希望的培养及抱持，以及引导人们从这个希望到那个希望，这种办法是治疗和救济怨愤之毒的最好的良药。而一个政府当其不能以满足人民的欲望而得人心的时候若能以使他们有希望而得之，并且当其能办事办得使任何祸患也不能显得全无救济之道，而总要使它显得有解决的希望的时候，那就确实可见其为一个贤明的政府当局了。后者较易做到，因为个人和党派双方都易于阿谀自己，或者至少也易于装出不相信某事是没有希望的样子的。

使国内不容易有适当的首领可以招聚或领率不平之徒者，这种先见和预防是一种虽为人所已知而仍然很优良的警戒之策。所谓适当的首领者，就是有大度和大名的人，受心怀不平的党派的信任和尊敬的人，被认为在自己本人的利益上也有所不满的人。这样的人应当是把他拉拢过来并使之与政府和好，而这种事还得要真实地做到；或者使他受同党中另一个人的争衡，使其名誉分削。一般地说来，分裂一切将不利于政府的党派集团，使之自相为仇，或者至少互不置信，不能算是一种顶坏的治疗怨愤之方。因为假如赞成政府措施的人们充满了不和或党争而反对政府者乃是齐心一致的话，那情势就真是危险之至了。

常见有些从人君口中出来的机警锋利的言语曾燃起叛乱之火。恺撒曾以"苏拉不文，所以不会独裁"一语给自己为害无穷，因为这句话使一般希望他早晚会放弃独裁的人完全失望了。加尔巴以"我不收买兵士而征募兵士"一语自戕，因为这句话使兵士们都失了赏赐之望了。同样地，普罗巴斯以"假

如我活下去，罗马帝国将不再需要兵士了"一语自戕，因为这句话使兵士们大为失望。类此者甚多。无疑地，为人君者，在危险的事件上和不安的时代中，须要慎其所言，尤其是这些短短的言辞，它们飞行如箭，并且被人们认为是从君王的私心中无心泄露出来的。至于长篇大论，则是枯燥无味的东西，不如这些话受人注意。最后，为人君者，为预防一切起见，应当在身旁常有一位或数位有勇略的大将，为削除叛乱的萌芽之用。若没有这样的人，则变乱一起，朝廷中即惊慌失措。并且政府所冒的危险将如泰西塔斯所云："虽然很少人敢做这样至丑极恶的叛国之举，但是却有多人愿意这种事实实现，而一般人都是准备赞成这件事的——当时的人心如此。"但是这样的军人须要可靠而且有好名声，不可喜党争而结欢于众，他并且还须与政府中其他的大人物相得，否则，那治病的药就要比疾病本身危害更烈了。

❓ 感悟·思考

　　1.一个国家发生叛乱，并不是无声无息、毫无征兆的，发生叛乱前有哪些可寻的预兆？

　　2.作者认为，救治叛乱，要具体情况具体分析，要对症下药才能有成效。本文论述了哪几种救治叛乱的方式方法？请你简单地说一说。

论残疾 [精读]

名师导读

残疾，意味着不完美，但正因如此，才产生了缺憾美。美国历史上唯一连任三届总统的罗斯福、《史记》的作者史学家司马迁，以及当代的张海迪、史铁生，他们都展现了一种与众不同的美。他们没有抱怨命运的不公，而是付出了比常人多几倍的努力，从而赢得了成功，赢得了我们的敬佩。

残疾人通常跟命运算账拉平：命运对他们不好，他们因此对命运也不好，他们大部分人缺乏命运的关爱，他们因此对命运有报复之心。显然，人的身体与心灵之间有一种默契，命运在其中一方面犯错误，命运就在另一方面冒危险。但因为人的性格具有选择性，而他的体格具有必然性，命运的星光有时因修养与美德的阳光而黯然失色。因此，最好不要把残疾看作他软弱可欺的标记，要把残疾看成他很少不成功的因素。谁身上有招人歧视的缺陷，谁就会有永远上进、免受欺侮的精神动力。所以，残疾人个个都是极端勇敢的。起初，是出于自卫，是因为遭受欺侮，但随着时间的推移，变成了平常的习惯。残疾也促使他们勤奋上进，特别是他们喜欢注意与观察别人的弱点，这样可以得到某种补偿。再者，残疾可以扑灭上级或高手的妒忌之火，因为上级或高手认为残疾人是可以随便轻视的；残疾可以使竞争对

名师点评

阅读提示

强调人的性格可以后天塑造，而形体是注定的。人的品格可以抵过命运的安排。

阅读提示

这几个词依次阐明了残疾的作用，最后总结出论点——在智能高的人身上，残疾反而是升迁的有利条件。

我的点评

手睡大觉，他们从来不相信残疾人有升迁的可能，除非他们看见残疾人成功。所以在这一点上，在智能高的人身上，残疾反而是升迁的有利条件。古时候的帝王们愿意宠信宦官，因为宦官嫉妒所有的人，而只对一个人比较顺从与殷勤。但帝王对他们的信任，在于把他们看成好的心腹与耳目，而不是好的文武官吏。残疾人的心理都很相似。他们的基本情况仍然是：既然他们勤奋向上，意志坚强，他们就会努力摆脱被欺侮的境地，这就需要靠美德，或者靠恶意。因此，如果他们一旦证明是优秀人物，人们也就不要感到惊奇。阿格西拉、索利曼之子赞格、伊索、秘鲁的总督加斯卡就是这样，苏格拉底也属于他们一类，以及其他人物。

❗ 品读·理解

　　作者在《论残疾》里鼓励残疾人应有积极向上的心态，不要把残疾看作软弱可欺的标记，而要把残疾看成是成功的因素。作者认为如果谁的身上有缺陷，那么他就会有持续上进、免受欺侮的精神动力。同时，作者也阐述了每个残疾人都是很勇敢的看法。

❓ 感悟·思考

　　1.文中说"残疾可以扑灭上级或高手的妒忌之火，因为上级或高手认为残疾人是可以随便轻视的；残疾可以使竞争对手睡大觉，他们从来不相信残疾人有升迁的可能，除非他们看见残疾人成功"，作者这样说的原因是什么？用自己的话说一说。

　　2."残疾人个个都是极端勇敢的"，这样说的理由是什么？从文中找出原话并标出来。

论谣言

❀ 名师导读 ❀

谣言往往能像野火一般蔓延，不加以有效措施，这股野火烧毁的不仅仅是表面，还有人们的信心。但谣言止于透明，止于科学，止于智者，但负责的态度、科学的依据、公开的信息、通畅的传播，更是破除谣言最有力的武器。

诗人们把谣言描写成了一个怪物。他们形容她的时候，其措辞一部分是秀美而文雅的，一部分是严肃而深沉的。他们说，你看她有多少羽毛，羽毛之下有多少只眼睛，她有多少条舌头，多少种声音，她能竖起多少只耳朵来！这是一种词藻。在这些话后面还有极好的比喻：例如说谣言越走得远力量越大；说她的脚在地上走，可是头却藏在云里；说她白天坐在一个瞭望楼中，而多在夜间飞行；说她把已做的事和未做的事混在一起；并且说她对于大城市是一种可怖之物，如此等等。但是这些说法中最胜过一切的说法是这个：诗人们说大地（即那些向久辟特作战而被灭的巨人们的母亲）为了巨人们被灭的缘故一怒而生谣言。这个比喻最好，因为叛逆之徒（即诗人们比作巨人的）与招致叛乱的谣言和诽谤乃是兄妹，一阳一阴，这是确定的。然而，假如一个人能够驯服这个怪物，使她俯首贴耳就食于掌心，并利用她去攻击并杀戮别的鸷鸟，这件事是很有价值的。但是说这种话的人他们也受了诗人的作风地影响了。现在以一种严肃的态度来谈一谈。在所有谈论政治的著作中没有一种题目是比谣言更少受人论及者，也没有一种题目是更比它值得讨论的。因为我们要讨论讨论下面的诸节。就是，何为假谣言，何为真谣言，其最好的辨别之道是什么；谣言如何可以下种，如何兴起；他们如何可以散布，如何增多；以及如何可以抑止并消灭他们。此外，还有些关于谣言的性质的事情。

　　谣言的力量之大，差不多一切重大的事情——尤其是战争——没有一件不与它有重大关系的。缪西阿努斯颠覆委泰利亚斯的时候，所用的方法就是散布一种流言，说委泰利亚斯有意把罗马在叙利亚的驻军调到日耳曼，把在日耳曼的驻军调到叙利亚。于是，驻叙利亚的军队就非常愤怒，因而生变。久利亚斯·恺撒攻庞拜于不备，事前先使庞拜的勤勉之心与防备之务松懈。所用的方法也是由他自己很狡诈地放出一种流言，说恺撒自己的军队对他已经没有好感了，并且这些军队因为疲于征战而且从高尔满载而归的缘故，只要恺撒一进意大利，他们就要弃他而去的。里维亚谋定她的儿子泰比瑞亚斯继承帝位的事，所用的也是谣言。她继续地总是放出消息说她的丈夫，奥古斯塔斯大帝，御体要复元或者病况转佳了。土耳其的总督们，常常把土耳其皇帝宴驾的消息不使那些亲卫兵和其他的军人得知，以免他们依着旧习把君士坦丁堡焚烧劫掠。塞米斯陶克立斯放出谣言，说希腊人要把波斯王热可塞斯所造的横跨赫勒斯滂的舟桥毁了，遂使热可塞斯急急忙忙地离开了希腊。像这样的例子可以成千，其数愈多则其值得重述之必要愈少，因为每人处处都可以碰见这样的例子。因此，一切贤智的统治者都应当留神注意谣言，就如同他们对真正的行动与计划本身的注意一样。

❓ 感悟·思考

　　1.第一自然段在论述上有什么特色？举例论述一下。开头的部分主要说明了谣言的什么特点？

　　2.第二自然段在论述上也有自己的特色，这样论述有什么好处？请举例说明。

考点集萃

走近作者

弗兰西斯·培根（Francis Bacon，1561—1626），英国文艺复兴时期，一个在科学、思想、文学等方面都享有很高荣誉的人。他出身于贵族之家，从小由于聪明才智脱颖而出，深受伊丽莎白女王的喜爱。他12岁进入剑桥大学，23岁出任议员，开始显示出他的政治才能。但是他的仕途并不顺利，一开始没有受到赏识。直至詹姆斯一世即位，他才比较走运，成为新授勋的爵士之一，又先后出任副检察长、首席检察官、枢密顾问、掌玺大臣和大法官等职，并被授予圣阿尔班子爵，后来因受贿遭弹劾被革职罚金。他竭力倡导"读史使人明智，读诗使人聪慧，数学使人思维缜密，哲理使人思想深刻，伦理学使人庄重，逻辑修辞之学使人善辩"的思想，并且在逻辑学、美学、教育学方面也提出许多观点。他的贡献还不只在这些领域，在自然科学领域里，他也取得了重大成就。弗兰西斯·培根是近代哲学史上提出"经验论原则"的第一人。他重视感觉经验和归纳逻辑在认识过程中的作用，开创了以经验为手段、研究感性自然的经验哲学的新时代，对近代科学的建立起了积极的推动作用，对人类哲学史、科学史都作出了重大的历史贡献。为此，罗素尊称培根为"给科学研究程序进行逻辑组织化的先驱"。

培根的一生是追求知识的一生，也是追求权力的一生，从他的多篇随笔中可以看出，他是热衷于政治，深谙官场运作的。培根兼哲学家、文学此而误会了好人。可见_____。

12. 培根的主要建树在哲学方面。他自称"以天下全部学问为己任"，企图"将全部科学、技术和人类的一切知识全面重建"，并为此计划写一套大书，总名_____，虽然只完成1、2两部分，但已造成重大影响。

13.《培根随笔》体裁以及类型：哲学散文随笔集，_____。

14.《培根随笔》主要内容：涉及_____、_____、_____等，其中多数与个人省会密切相关，比较集中地表达了作者的"_____"。

15.《培根随笔》中《谈美》：这是一篇_____的文章，作者主要阐述了"美德比美貌更重要"的道理。短文笔墨不多，但却十分精彩，说理透彻，且语言优美。他在培根的随笔中颇有代表性，集中体现了培根善于用诗话的语言阐述精辟的哲理的特点。

16.《培根随笔》中《论拖延》：这是培根谈论_____的哲学小论文。作者用举例子、作比喻 的论证方法，告诉我们要善于当机立断、迅速行动，不要拖延时间而延误机会。文章论述层次清晰，表达手法多样，语言简洁有力、形象生动，体现了培根论说文的又一特点。

17.《培根随笔》中《谈读书》：这是培根谈论_____的一篇议论文。作者在文章中明确指出："读书足以悦情，足以傅彩，足以长才。"并指出："读史使人明智，读诗使人灵秀，数学使人周密，科学使人深刻，论理学使人庄重，逻辑修辞之学使人善辩；凡有所学，皆成性格。"

18.《培根随笔》共有_____篇。

19."知识就是力量"这句名言的作者就是被马克思称为"英国唯物主义和整个现代实验科学的真正始祖"的英国思想家_____。

20.培根最重要的成就是他在_____和_____领域内的建树。